最強の黒騎士♂、戦闘メイド♀に転職しました

5

百門一新
Momokado Isshin

イラスト
風華チルヲ

『よっしゃ任せて
お嬢ちゃん！』
走るなんて滅多にない
ルクシアを、ニールが
唐突に脇に抱えた。

リリーナも、
とても楽しそうだった。
ジョセフィーヌだけでなく、
フロレンシアからも
年齢相応の微笑が窺えた。

最強の黒騎士♂、戦闘メイド♀に転職しました

5

百門一新
Momokado Isshin

イラスト
風華チルヲ

最強の黒騎士♂、戦闘メイド♀に転職しました 5

CONTENTS

最強の黒騎士♂、戦闘メイド♀に転職しました
5
百門一新
イラスト 風華チルヲ

プロローグ

少し早めに屋敷に戻る。

まだ日差しも残っている時間帯の帰宅を、リリーナは喜んでくれたりする。珍しいですねと問いかけてくる使用人はいない。

ここ最近、屋敷はほんの少しだけ生活のリズムを変えた。

僕も父上も、リリーナと接する彼女を直で見てみる必要があった。どういった人間なのかを正確に把握するためにも、しばらくはこうして様子見だ。

少し変わった子だ。僕が開いている扉をノックしても、全く気付かない。

その日、サロンでお菓子作りの本を広げていたリリーナも、そうだった。とても楽しんでいるのが分かる。

「お二人さん、とても楽しんでいるみたいだね」

声をかけたら、ようやく彼女達が僕を見た。

僕の可愛い妹リリーナが、すぐに反応して「おかえりなさい！」と言う。その隣で同じ本を覗き込んでいた彼女は、しばし記憶を辿るような間を置いてから、「あ」と思い出したような声を出す。


ほんと、面白い子だ。

大抵の女性は、下心あって真っ先に僕を見るんだけどな。


二人が「お菓子作りに挑戦しよう！」という計画を立てていたのは聞こえていた。マリアと、料理長ガスパーを巻き込むつもりでいるらしい。

害が全くない事は、既に全員が知っていた。

彼女は、ここが侯爵家であるだとか、そういう事にはまるで興味がなく。ただただ純粋に〝友〟として、リリーナだけを見ている。

「また来ていたの?」

僕がくすりと笑ったら、彼女が「存在を忘れていたわけではないんですよっ」と自らボロを出してきた。そばにいたマリアとサリーが「ジョセフィーヌ様……」と呟いた。

普段の客人の〝異物感〟はない。

いつも通りの自然な空気が広がっている。僕はおかしくて、やっぱり笑ってしまった。

007　プロローグ

十八章　ジョセフィーヌ・ディアン、アーバンド侯爵家へ

この日、臨時班の初活動があった。

長かった王宮側での活動を終えたマリアは、これから屋敷に帰るリリーナやサリーに合流すべく、第四王子の私室に向かって歩いていた。

彼女は、すっかりくたくただった。先程、最後のトドメのように、不意打ちでルーカスのラブレターの一件に巻き込まれてしまったのだ。

しかもその流れで、そこで出会ったジョセフィーヌの「お友達大作戦」にも付き合う事になってしまった。

ジョセフィーヌは、グイードの遠縁の子だ。ディアン男爵家の末の娘で、茶会デビュー

をしてから、近くの親戚領地で世話になっていた。

表向きの目的は婚約者探しのようだったが、彼女の本心は別だったらしい。内気な性格のため、それまでなかなか得られなかった同性の友人が欲しかったようだ。

『知らない男性と喋るなんて、嫌過ぎてお腹も痛くなるし――』

『殿方と交際するよりも、こちとら可愛い友達が欲しくてたまらない――』

『交友計画に付き合ってくださいまし！』

どうやら彼女は、どこかでリリーナを見掛けていたらしい。マリアがその専属メイドと知って、そう協力を求めてきたのだ。

今日は臨時班の初めての活動で、現場の下見に行ったばかりだった。今日は早めに王宮でのお手伝いを終えて、リリーナと合流するつもりだった。

――なのに、結局、普段と変わらない時間になってしまった。

廊下にいた警備兵達の前を通り過ぎ、王族の私室へと続く静かな廊下を歩きながら、マリアの口から溜息がもれた。

そもそも自分は、早めに戻る予定でいたのであって、決してルーカスに付き合うつもりで残していた時間ではない。しかも予想外の参入者もあった。

「ルーカスと話していた時に、ロイドが突入してきたのも意外だったなぁ。あいつがルーカスに付き合ったのも意外だった、というか……」

そこで、不意に気付く。

ああ、でも、そうか、と思った。十六年前は、破壊神の少年師団長として王宮内で暴れ回っていたロイドも、それだけ大人になったのだ。

思い返せば、当時だってたまにしっかりしたところも見せていた。オブライトだった自分が、あまりプライベートな付き合いがなかっただけで――。

「…………私が、あいつの事をあまり知らないだけか」

口にしたら、何故かポッカリ胸に穴が空いたような気分になった。

実は〝マリア〟として生まれ変わって再会してからというもの、ロイドにだけある違和感を覚えている。

なんというか、彼に対してのみ、ぎくしゃくしてしまう時があるのだ。とても凛々しい大人の男に成長したロイドに、前世の頃と違った〝妙な緊張〟を覚える瞬間が、たびたびあるというか……。

深く考え込みそうになったマリアは、そこで頭を振って思案を終わらせた。

もうすぐ王族の私室がある奥の宮だ。個人的な事をひきずってはいられない。

今は、合流するリリーナの事だけを考えよう。先程、ジョセフィーヌにも、リリーナとの交友がうまくいくようにと協力を頼まれてしまったのだ。

「面倒な事になったなぁ」

茶会の席を設けられないかと、旦那様であるアーバンド侯爵に伝える事はできる。そう言った際、まさかジョセフィーヌが「手伝って！」とくるとは思っていなかった。

ひとまずは話すか。そして判断を仰ごう。

マリアは、リリーナの婚約者である第四王子クリストファーの、私室前の警備兵達が見えてきたところで、そう結論を出した。

一

アーバンド侯爵邸に帰還した後。

マリアは帰宅直後、執事長フォレスに、王宮での臨時班初日の活動について一旦ざっくり報告した。

フォレスは、アーバンド侯爵家の戦闘使用人〝第一司令塔〟だ。長身で初老だが、背筋もピンとしている。礼儀正しい敬語口調で、女性に対しては必ず「さん」を付けた。

詳細な報告は、リリーナが寝入った夜に改めてする事となった。

その日の勤務を終えた後、早速マリアはアーバンド侯爵の執務室へと向かった。そこではフォレスが、湯浴みも済ませた部屋の主と一緒に待っていた。

「また、何やら面白い話を持ってきましたね」

最後にジョセフィーヌの件の報告をしたら、フォレスがそう感想を述べてきた。臨時班の件の報告を聞いた時と違って、冷静沈着な彼の表情にも少し変化が見られた。

これは、完全に呆れられている。

マリアは、顎に手を当てている彼を見てそう思った。戦闘使用人としての教育指導を受けた人という事もあって、彼の些細な表情変化には慣れている。

「遠回しに、面倒だなって言ってますよね？」

「いいえ。毎回報告を聞くたびに思うのですが、マリアさんの周りでは、なかなか賑やかな事が続くようで驚きます。おかげで土産話を聞くのが楽しいですね」

「土産話を作ろうと思っているわけではないんですよ……」

ちゃんと仕事をしているのに、気付けば騒がしい事になっていたりするのだ。

そうマリアが思い返していると、一人掛け用のソファで寛いでいた部屋の主の方から、くすくすと楽しそうな笑い声が聞こえてきた。

「いいじゃないか。それなら、その子を呼んでみよう。リリーナが大好きで、友達になりたいというのなら、私は歓迎だよ」

そう言ったアーバンド侯爵は、腹の上でゆったりと手を組んでいた。薄い藍色の瞳は柔らかく微笑んでいる。その喋り方は、時々、青年を思わせた。

――王のためだけに動き、国の暗殺部隊をとりまとめている人。

恐らくは、彼自身が国内最強の暗殺者だ。彼は【国王陛下の剣】と呼ばれている一族の当主で、しかし、全くそんな空気を感じさせない男でもあった。

「旦那様、それでは一番早い日程でもって茶会を設ける、という事でよろしいでしょうか？」

フォレスが、冷静に彼へ伺う。

「そうだよ。王宮で、マリアの『臨時班の仕事』が入る前がいいかなと思ってね。ああ、でも、相手の男爵に無理はさせないようにね。きちんと都合を聞いておいて」

「彼をご存知なのですね」

「ふふっ、私はね、社交界で見掛けた者は〝全員把握している〟よ」

陛下の敵か、邪魔者か、それとも無害であるのかを判断するために――。

マリアは、続けられなかった彼の言葉を思った。にこっとアーバンド侯爵が笑い、フォレスもほんの少し口元にプライベートな笑みを浮かべている。

このフレイヤ王国の〝裏〟で王を支え続けているアーバンド侯爵家。

その一族の人間と戦闘使用人は、家族だ。とくに執事長であるフォレスは、先代当主の頃から、まだ子供だったアーバンド侯爵――アノルド・アーバンドを知っている。

「さて、話も終わったし」

その時、アーバンド侯爵が朗らかに手を打った。

直前まで考え込んでいたマリアは、そんなに時間も経っていないのにと気付いてびっくりしてしまった。

「え、もう終わった感じなんですか？」

「うん。素敵な報告をありがとう、マリア。リリーナの『表』の友人候補が現われたんだ。これはもう、祝い酒を飲むしかないよね」

あ、これ、嫌な予感がする。

マリアは、自分の話をスルーして立ち上がるアーバンド侯爵を見ていた。思えば彼の格好は、すぐに就寝するといった感じではない。

「もしや、元々飲む気だったのでは……？」

「そうですよ」

フォレスがしれっと答えた。

「既に、料理長がつまみを用意して待機中です。今回は趣向を変えて、一階のサロンでどーんっとやろう、という事になりました」

「えぇぇ」

これまでの経験から、そんな予感もしていた。

だが、正直、今日はもうくたくただった。今回の『飲み会』については、ちょっと遠慮したい。

「えぇと、旦那様。すみませんが私、今日はこのままお休みに――」

「いいお酒をもらったんだ。君の好みそうなものも見つけてね。一緒に飲もうよ」

「うん。だからね、旦那様――」

「さっ、行こうかマリア」

直後には、脇に抱えられていた。そのまま部屋から一緒に出てしまったマリアは、料理長ガスパーに担がれているギースを見つけて「あ」と声を上げた。

ギースは、十九歳の見習いコックである。マリアやサリーとは十代の戦闘使用人組で、同年齢のアルバートに比べても子供っぽく見える男だ。

その彼は、若干涙目だった。

ここに至るまでの経緯が容易に想像できて、マリアは言葉が出てこなかった。すると、鍛えられた大柄な肉体をしているガスパーが、陽気に挨拶してきた。

「よっ、マリア！　ははは、今日はいい夜だな」

「ガスパーさん、もう既に飲んでいますね？」

マリアが「嘘だろもうアルコール入ってんの？」と呟くそばから、ギースが「ぐすっ」と悲愴感たっぷりに鼻をすすった。

「俺、ビリヤードで絶対負かされる自信がある……」

「ギース、可哀そう……」

「ははは、うまくなってモテたいんだろ？　大丈夫、俺がちゃんと指導してやるからさ！」

あなたの場合、お酒を飲むと『見て感じて覚えろ』的になっちゃうんですよ……。

マリアとギースは、戦闘使用人の〝第二司令塔〟にして、ここへくる前まで軍人だった料理長ガスパーを見てそう思った。

結局マリアは、ギースと共に一階のサロンへと運ばれた。

リリーナの友人候補の件については、兄であるアルバートも興味があるようだった。飲みながら話を聞かせている間に、参加する男性使用人達も集合し始め――。

そうして、ある程度腹が満たされてから、今度は『遊戯室』へと場所を変えて、遅くまでお酒を楽しんだのだった。

二

「――と、いう事になりました」

その翌日。マリアは、いつも通りリリーナとサリーと登城した後、王宮の奥の宮近くで気になって待っていたルーカスに、昨夜の一件について話した。

「へー。あっさり茶会が決まったのか」

話を聞き終わった彼が、壁に背をもたれたまままそう言った。

彼は十六年前、『新人の泣き虫近衛騎士』と言われていた男だ。現在は、王妃専属の護衛騎士をしている。

それは実質、近衛騎士のトップという事だ。王妃のためだけに作られた特別な護衛部隊軍にして、対外的戦力部隊である白百合騎士団の指揮権も持っている。

彼もまた、アーバンド侯爵家の事情については知っている。それもあって〝当主〟の反応を気にしていたところもあったらしい。

「話に聞く通り、侯爵は、使用人も家族として大事にしてんだなぁ。普通だったら、直接相談できるどころか怒られるぜ」

そこで、ふと、ルーカスが自分よりも低い位置にあるマリアを見下ろした。文官アーシュと似た雰囲気ながら、正反対の素直さで「ははっ」と笑いかけてくる。

「まぁ良かったよ、すぐにでも茶会が開催されそうで。だってさ、待たされる時間が長かったら、ジョセフィーヌ嬢がグイードさん並みの想像力を爆発させて、メイドちゃんが放り投げられちゃいそうだしな～」

「その時は守ってくださいますよね、騎士様ですし」

そもそもの原因はお前だ、阿呆。

マリアは、他人事みたいに笑うルーカスをぶん殴りたくなった。昨日、グイードの遠縁であるジョセフィーヌの件については、彼が巻き込んできたのである。

「まっ、うまく行くといいよな。ジョセフィーヌ嬢、ちょっとアレなところがあるけどさ、泣きながら『女の子の友達が欲しい』って言っていただろ?」

「まぁ、言っておりましたわね」

「あれを見てさ、友達ができたらいいよなぁって思ったんだ」

廊下の窓の外を見やって、ルーカスが本心から笑顔でそう言う。

そういうところは、本当にいい奴だ。そうやって自然にさらりと人を思い遣れるところが、性格的な素直さもあって先輩にも好かれていた。

当時を思い出したマリアは、ふっ、と口元に素の笑みをもらした。

「そうですわね。私も、彼女に友達ができればいいなと思っておりますわ」

そうしてリリーナの、年の近い良き友人になってくれたら嬉しい。そう思いながら、ルーカスに別れを告げて薬学研究棟へと向かった。

※※※

薬学研究棟は、王宮から少し離れたところに建てられている。木々が植えられた中に敷かれた、自然の小道のような小さな通路を進むと、その場所が開けた。

数階分の高さがある建物。その一階の裏手に、ルクシアの研究私室があった。

彼は毒薬学専門の薬学研究棟の所長にして、人嫌いと噂されている第三王子だった。現在は、正体が判明した猛毒【リリスメフィストの蔓】の研究を進めている。

時間差で死に至り、痕跡が魔法のように消える毒。

ルクシアはその毒の解明と、解毒剤の作製に取り組んでいた。まさか前世で自分が見聞きしていた事が、ここへ来て〝謎の毒〟に繋がるだなんて思ってもいなくて――。

「……テレーサが教えてくれたのに」

誰かに伝える事は、とうとうなかったんだよな。

マリアは、扉の前で、物憂げに少し思い返してしまった。風が吹き抜けて、長いダークブラウンの髪が揺れたところで我に返った。

「いかんいかん、今は、目の前の事に集中だ」

護衛も兼ねているのだと、両手でぺちっと自分の頬を叩いて言い聞かせた。

ルクシアを手助けしたい。だから引き続き手伝わせて欲しいと、先日ロイド達に自分はお願いしたのだ。

今日も一日頑張るか。そう気合いを入れて、元気良く扉を開ける。

「失礼します！　おはようござい、ま、す……」

いつも三人で腰かけていた作業テーブルを目にした途端、テンションは急激に下がっていった。室内の現状を前に、昨日までの疲労感を思い出した。

気付いたルクシアが、そこから目を向けてきた。大きな眼鏡越しに見えるその瞳は、国王陛下やクリストファーと同じ美しい金緑色だ。

王妃カトリーナと一緒の、赤みがかった柔らかい栗色の髪。十五歳とは思えないほど華奢で、身長はマリアよりも低い。しかし上から着ている白衣は、大人サイズで袖口が数回折り曲げられていた。

「先に扉を閉めて頂けますか」

ようやく来てくれたか、というようにルクシアが溜息交じりにそう言った。いつも無表情な彼は、朝一番だというのにやや疲労感が滲む表情だった。

彼の向かいにいたアーシュが、げんなりとした表情で振り返ってくる。文官である彼は、本日も軍の文官服の上に白衣を着ていた。

——その隣には、好き勝手に喋り続けている真っ赤な髪をした男の後ろ姿がある。

マリアは、やや遅れて言葉を紡いだ。

「……すみません。少し現実を受け入れたくない気持ちが強くって。一旦出直そうか、と一瞬本気で考えてしまいました」

「お気持ちは分かります。昨日から一緒に活動している事は『彼』から聞きました。それから、アーシュと一緒に大変な目に遭われたとか」

昨日、追い駆けてくるモルツから逃げていたニールが、マリア達を巻き込んだ。もっとも災難だったのは、またしても『世界一悪意を感じる気付け薬』を飲まされていたアーシュだろう。

気絶の原因は、ニール恒例の悪ふざけの血糊だったのだが、いつもの女性恐怖症で倒れたのではと勘違いされ、彼の友人である救護班の連中が駆け付けたのである。

マリアは、昨日の事を思い返しながら、後ろ手でゆっくりと扉を閉めた。思いが表情に全部出ているのを見て、アーシュが呆れたように眉を寄せる。

「お前さ。女なんだから、そう露骨に顔に出すなよ……」

その時、扉が閉まる音に気付いた赤毛頭の男――ニールが、ようやくお喋りをやめてパッと目を向けてきた。

「あっ、お嬢ちゃんだ！　やっほー昨日振り！　元気だった？」

こちらの姿を目に入れた途端、彼が元気たっぷりに挙手してそう言ってくる。

「はぁ……ニールさん、何故こちらにいらっしゃるんですか？」

なんで朝一番にこいつと会うんだ。

マリアは思わず目頭を押さえた。昨日の臨時班の活動でも色々とやらかされ、終わったと思ったら今度はモルツを連れてきやがって……と昨日の事が蘇ってきて、精神的な頭痛まで覚える。

しかも今日、ニールは、先日までこの部屋になかった丸椅子に腰かけていた。

恐らくは、勝手に運び入れたのだろう。すると小柄な彼が、自分より更に少し背が低いアーシュの肩に腕を回して、自信たっぷりに胸を張って言った。

「俺ら友好を深めてたんだぜ！　今じゃ超仲良し！」

当のアーシュが、心底迷惑そうに視線を泳がせている。

マリアは、呆れてすぐには言葉が出て来なかった。しばし考える間を置いた後、ひとまず指摘してあげる事にした。

「ニールさん。それ、アーシュの顔を見てから言った方がいいと思います」

すると案の定、ニールはこちらの発言など聞いていないようにこう続けてきた。

「ほら昨日はさ、俺らって出会いが悪かったじゃん？」

「私の時もそう言っていましたわね」

彼には、人の話を聞かないという悪い癖がある。好き勝手に一人で喋る事が多い奴なので、マリアは彼が、ルクシアにまで失礼な迷惑をかけていないかと気になった。

目を向けてみると、アーシュがげんなりとした様子を強めた。ニールの腕を肩から引き離すと、彼に指を向けて言った。

「この童顔の人、やばくないか？　ルクシア様を続き部屋から引っ張り出して、ずっと喋り続けているんだぜ？　三十七歳だって主張してるけど、本当か？」

その途端、当のニールから「ひでぇっ」と反論の声が上がった。

「お嬢ちゃん聞いた？　アーシュ君さ、俺が〝大臣の優秀な手駒〟の三十七歳だって自己紹介してんのに、ちっとも信用してくれないんだぜ」

ニールはアーシュを横に寄せ、困ったもんだぜと偉そうに続ける。

ルクシアがそれを無視し、さりげなく視線を動かしてきた。服から露出している腕や足などを確認されている事に気付いたマリアは、にこっと笑いかけた。

「ルクシア様、私は大丈夫ですよ。昨日は例の初活動でしたが、危ない事は何もありませんでしたから」

「そうでしたか、それならいいのです。そこの彼についてですが」

ひとまず安心したルクシアが、言いながらニールへ目をやる。

「年齢についてはともあれ、先程、大臣側の人間である事は確認が取れました。昨日の件については『外へ出た』とは話してくれたのですが、あなたの凶暴性についての話題が大半でしたね。どこまでが本当の話なのかと、少し悩ましくも思っていたところです」

そう彼の口から話された途端、ピリッと室内の空気が緊張した。

マリアは視線を、ルクシアからゆっくりと移動して、にっこりとした。真っすぐ笑顔を向けられたニールが、疑問符を浮かべた表情で警戒心なく首を傾ける。

「どこかで見覚えがある良い表情だなぁ。なんだっけ？」

そう呟く彼のそばで、アーシュはマリアの笑顔に嫌な予感を覚えていた。思わず肘で合図して、警戒するような声で囁く。

「おい、おい赤毛。俺の目がおかしくなければ、マリアの目は笑っていないぞ」

「え？　そう？　気のせいじゃない？」

「初めて会った時に、胸倉を掴み上げられた感じと似ているというか……」

「わーお、お嬢ちゃんってばやっぱり凶暴！」

アーシュの考察に対して、ニールが思った事を呑気に口にする。

その彼が好き勝手に喋ったのであろう内容を、マリアは作り笑いの下でずっと考えていた。ルクシアを悩ませるくらい、大袈裟に盛ったのか？

「ふぅ……。どうしたものかしらね」

思案気に片方の頬へ手を当て、冷気を帯びた言葉をもらした。不思議と大人びていると同時に、男の庇護欲をくすぐる可愛らしさもある。

――だが、直後。

彼女はガシリとニールを捕まえると、椅子から引きずり落としていた。背後から絞め技をかけ、少女とは思えない力でギリギリと絞め上げていく。

「ニールさん、そもそも凶暴だなんて嫌ですわ。誤解を招くような発言はしないでくださいます？」

「えぇぇぇぇぇ!?　お嬢ちゃんは絶対に凶暴だって！　これが凶暴じゃないなんて言う人

いないよ⁉」

ニールは正直な思いを主張した。止める暇もなく起こった騒ぎを前に、アーシュとルクシアは唖然として動けずにいる。

「お嬢ちゃんっ、きっと今、目がマジだね⁉　見えないけどそんな気がする！」

「私は今、とても穏やかに微笑んでいますわ。今日こそ、トドメをさせられそうな予感がします」

「冷静な感じで何言っちゃってるの⁉　怖すぎるよッ、俺に対して容赦がなさすぎない⁉」

マリアは彼をギリギリと絞め上げながら、「ニールさん」と落ち着いた口調で言う。

「私、あの美少年サロンの一件を許していません」

「あ。そんな事もあったね。それでか。うん、あの時はマジでごめんね！」

ニールが、とりあえずといった様子で条件反射のように謝った。しかし、思った事を全部口にする彼は、こう言葉を続ける。

「だって普通の女の子ってさ、ああいう性別不詳な少年とか好きじゃん？　そこがツボにはまらないお嬢ちゃん、ちょっとおかしい気がする。それってさ、つまり貧乳の幼少枠にぴったりって事じゃね？　だって恋よりもお菓子っていうやつでしょ？　――あ！　分かった！」

思い付くままに話していた彼が、閃いたとばかりに指をパチーンッと鳴らす。

この状況下でも口が止まらないその様子に、ルクシアとアーシュは動けないでいた。二人は美少年サロンの一件は知らないが、言葉を紡ぐたびに彼女の何かをぶち抜いているという事は分かっていた。

「ほら、お嬢ちゃんって異次元の胃袋を持ってるし、頭の中は食い気でいっぱいなんじゃね？　だから全然、中性的な美少年達がツボにはまらなかったんだね〜。というか、そんなに食っても胸が育たないとか、超ウケる――」

ブチリ、と何かが切れる大きな音がした。

ニールが「ん？」と言葉を切る。堪忍袋の緒が切れる音がしたような、と呟いたルクシアが、訝しげに辺りを窺う。

「幻聴ですかね……？」

だがアーシュは、貧乳、という言葉がマリアの地雷でもあると経験していた。肌に突き刺さる強烈な殺気に顔を強張らせ、視線を走らせたところで硬直した。

マリアがニコリともせず、片手の指をゴキリと鳴らす。

「あれ？　なぁんか嫌な音が聞こえたような。ねぇ、お嬢ちゃん、すっげぇ背中がすぅすぅするんだけど、これってお嬢ちゃんの肉付きがなさすぎるせい？」

思った事をそのまま口にし、ニールがコテリと小首を傾げた。

ますます悪化の状況を辿っている彼を前に、とうとうアーシュが、相手が年上だとかそういう礼儀もぶっ飛ばして「お前バカなんじゃねぇの⁉」と叫んだ。

「おまっ、なんで背後の異変に気付かねぇんだよ！」

「え？　アーシュ君、一人で慌ててどうしたの？」

「私が言うのもなんですが、今すぐ逃げた方が」

気付いたルクシアも、半ば腰を上げた。

その時、ドスの利いた少女の低い声が上がった。

「おい、ニール。覚悟はできているんだろうな」

「え？　なんかそれ、聞き覚えがある台詞のような――」

直後、ニールは投げ技をかけられて床に転がされていた。衝撃が床を伝い、積み上げられていた本の山が小さく振動する。

ふわり、とマリアのスカートが広がった。

形の良い白い太腿を覗かせた彼女が、長いダークブラウンの髪と大きなリボンを揺らしながら、きゅっと床を踏み締めて体勢を整える。

マリアが、床に転がったニールを絶対零度の目で見下ろした。その右手が攻撃の構えを取った瞬間、アーシュが慌てて彼女を後ろから羽交い締めにして止めた。

「ちょっと待った！　それ、マジでやばいやつだから！　軍の訓練で見たけど、確か高ダメージを与える体術技の一つだろ⁉」

「アーシュ、離してちょうだい。さくっと抹殺するだけだから大丈夫よ」

「抹殺させてたまるかっ！　つか、なんでお前がそんな物騒な技知ってんだよ⁉」

問われたマリアは、束の間、言い訳を考えた。

「女の子なら、誰もが嗜《たしな》んでいる護身術なの」

「んな怖い事実があってたまるか！　おいコラっ、適当な事を言っている間に、トドメを刺そうとするんじゃない！　頼むから落ち着けって！」

続けて説得しようとしたアーシュが、直後、ピキリと硬直した。

思った以上に細く柔らかいマリアの腕の感触に、密着状態を自覚して「うっ」と真っ青になった。鳥肌を立てて、その身体が小さく震え出す。

マリアは、異変を察して我に返った。肩越しに確認してみると、そこには唇をぎゅぅっと噛み締めて、なんだか面白い表情になっているアーシュがいる。

「えぇと、その…………アーシュ、大丈夫？」

そういえば、彼は極度の女性恐怖症だったのだ。慎重に声をかけてみると、彼は呼吸を止めた状況で、更には目線をそらしてぎこちなく首を左右に振ってきた。

どうやら、普段の強がりも出てこないくらい、まずい状況らしい。マリアは症状が悪化しない事を祈りながら、彼からゆっくりと離れた。

その時、床の上でピクリとも動かないでいたニールが、ハッと顔を上げた。

「俺、一瞬意識が飛んでたけど何があった⁉」

そう口にした彼が、ぶるぶる震えているアーシュに目を留めた。

「アーシュ君どうしたの？　なんか、すげぇ面白い顔になってるけど、もしかしてお嬢ちゃんを笑わせようっていう魂胆なの――」

全部言わせてたまるか。正直に『面白い』って言うんじゃない。

マリアはアーシュを心配そうに窺いつつ、空気の読めない部下の背中を思い切り踏み付けた。ピンポイントで痛点を踏まれたニールが、「ぐぇっ」と息を吐き出して、再び床に突っ伏す。

ルクシアが、何かを言いたげに見守っている。ニールはこのタイミングで思い出したらしく、踏まれている痛みにもめげずに震える手を持ち上げた。

「お、お嬢ちゃん。実はジーンさんから伝言があって、今日は大臣の仕事が詰まってるから、多分四人での活動はできないって言ってた……それから……ぐぇッ」

「マリアさん。必要な伝言のようですから聞いてあげてください」

「すみません、つい」

ルクシアにそう指摘されたマリアは、足の力を少し抜いた。

正直いうと、踏み付けて黙らせている元部下より、今はアーシュが心配でたまらなかった。女性恐怖症の症状がひどくなったら、また例の気付け薬を飲まされるかもしれない。

「……ジ、ジーンさん、情報収集班が動くって言ってた」

「そう。つまりは待機なのね」

突入するハーパーの屋敷の見取り図と、滞在している三チームの用心棒の詳細情報は必要である。任務の決行日まで日数はそんなにないので、そちらに関しては専門のチームに任せた方がいいだろう。

次の違法販売をさせない事も大事だが、もしかしたら〝例の毒〟について入手経路とかが新たに分かるかもしれない。

マリアは、アーシュの震えが小さくなるのを見守りながら、オブライトだった頃のように軍人思考で頭の中を整理した。口から出た応答はニール向けだが、その口調は二十歳の若いアーシュを心配する物のままである。

「お嬢ちゃん、身体の上下で感情が違っているとか器用すぎない？　その浮かべてる表情の一割くらいの優しさでもいいからさ、こっちにも分けて欲しいんだけど……」

ニールは、それでも引き続きアーシュを見ているマリアに「なんだかなぁ」と首を捻った。ひとまず彼女の用件が終わるのを待って、床の上で頬杖をつく。

その様子を見ていたルクシアが、困惑気味に呟いた。

「軍人の身体の強さには驚かされますが……私としては、それだけ口が回るのに『早く足をどけてくれ』という言葉が出て来ないのが、不思議でなりません」

ルクシアとしては、彼が素直に踏まれているのが不思議だった。

じょじょにアーシュの顔色が戻り始めた。震えも次第に消えていき、出始めていた赤いぷつぷつも引いていった。

やがて、なんとかもちこたえたらしい彼が、大きな息を吐いた。じっと見守っていたマリアとルクシアは、それを見てホッとした。

「あまり『第三王子ルクシア』の立場を使いたくはないのですが、今日は司書員の方にお願いして、必要な本を持ってきてもらいましょう」

胸を撫で下ろしたルクシアが、長い白衣の裾を揺らして歩み寄った。大きな眼鏡を掛け直すと、アーシュの容体を再確認しつつ続ける。

「そうすると、明日に返却する本の量が増えてはしまうのですが……彼が、口を災いさせない保証もありません。しばらくは居座りそうな雰囲気ですし」

「確かに、その方がいいかもしれません。ああ、返却の事は大丈夫ですよ。冊数がそれなりにあっても、俺とマリアで運べば平気ですから」

「学会の論文の件も、あなたの専門ではないのにまとめる量が多くて、アーシュには迷惑をかけますね」

「いえ、俺は平気ですよ。さくっと読んで要点をまとめるくらい、すぐにできます。任せてください」

アーシュが、謙虚ながらも心強い笑顔を浮かべた。それを見たルクシアが、頼り甲斐があるというように「ありがとうございます」と答えて柔らかく目元を細めた。

確かに、このままニールを図書資料館に連れて行くのはなぁ……。

勝手に付いてくるだろう事を推測して、マリアはそう思った。どうやらルクシアの方も研究用の材料がくるのを待っているらしいので、午前中は少しゆっくりとしたスケジュールになりそうだ。

そう考えていると、ニールがマリアを見て言った。

「ねぇ、お嬢ちゃん。つまり時間があるって事？」

「まぁルクシア様の方も、朝の休憩を少し長めに取る感じになるみたいですわね」

「ねぇねぇそれならさ、面白い馬をパッと見に行かない⁉」

キラキラとした目で提案され、マリアは首を傾げた。

「面白い馬……？」

「この前、騎馬隊のサロンの前で聞いた話なんだけど、なんか、すげぇ面白い馬がいるんだって。驚くほどぶっさいくで、最近くしゃみが止まらないらしいんだけど、それも甲高い変な鳴き声なんだってさ！　見に行ったら絶対楽しそうだよ！」

それは、軍馬としては申し分ない身体と運動能力を持った馬なのだという。しかし調教されていないために、誰の言う事も聞かない暴れ馬なのだとか。

おかげで、その馬を連れ帰ってきた将軍が、個人的に騎馬隊で飼っている感じになっているらしい。

「ふうん。誰も調教できる人がいないくらいの力を持った馬でもある、と……軍馬としては有望な気がするのですけれど、どうなのかしら？」

「さぁ、実際にレイモンドさんも見に行ったみたいなんだけど、『あの将軍、どこから拾ってきたんだ……』って頭抱えてたらしいよ」

あのレイモンドが、頭を抱えるくらいの〝お墨付き〟である。それはそれで面白そうだな、とマリアは好奇心が疼いた。

ここから騎馬隊のところまでは、近道を使えば時間もそんなにかからない。そう真面目に検討していると、前向きに考えていると察したニールが「ねぇ行こうよ」と続けて説得の言葉を投げてきた。

「ほら、気晴らしは必要だって言うでしょ？　さっき話していて思ったんだけどさ、ルクシア様もアーシュ君も、ちょっと真面目すぎるところがあるし、息抜きさせた方がいいと思うんだ。ずっと机にかじりついていたら健康にも悪いと思う！」

「なるほど……。その案〝採用〟」

「やったね！」

マリアは、彼の隊長だった当時と同じニュアンスでニールに答えた。十六年前まで、似たようなやりとりが何度もあった事を、二人は気付かなかった。

ルクシアとアーシュにも息抜きが必要だろう。

本音を言えば、マリアはその馬を見たかった。ガッツポーズするニールの上から足を退けると、今日のスケジュールについての話し合いを終えそうなルクシアとアーシュを見て、少し考える。

ルクシアの場合、仕事の時間内に一時休憩で外出するなんて、これまでした事がないはずだ。提案しても、アーシュ共々渋られる可能性がある。

それを見越すと、ここはニールに協力してもらうしかあるまい。

「――とすると、ここは、行動した者勝ちか」

マリアは、素の表情で唇を少し舐めた。考え終えて一つ頷くと、立ち上がったニールに計画と指示内容を手早く伝えた。

※※※

それから、少し経った頃。

ルクシアとアーシュは、薬学研究棟から外に連れ出されていた。並んで立っている二人の顔には、揃ってなんとも言えない表情が浮かんでいる。

『すぐそこですから！　是非見に行きましょう！』

つい先程、妙にいい笑顔をしたマリアとニールに元気いっぱいにそう言われた。提案されたのは突拍子もない事だったので、戸惑って動けないでいた。

すると、行動するが勝ちとばかりに彼女達は動き出したのである。

『よっしゃ任せてお嬢ちゃん！』

走るなんて滅多にないルクシアを、ニールが唐突に脇に抱えた。マリアは『よくやった！』と言って同時に駆け出し、アーシュは外へ飛び出していった彼らの後を慌てて追い駆けた。

――そうして、今に至る。

どうやら、〝面白い馬〟がいるらしい。それを自分達の目で確かめてみたいと、マリアとニールのテンションは大いに高まってしまったようだった。

だがアーシュとルクシアは、このタイミングで、全速力で駆けてまで馬を見に行くという彼女達のワクワク感がよく分からないでいる。

ここは、騎馬隊の管理区の一つだ。貴族達が楽しむための乗馬場とは違い、戦闘馬術向けの本格的な訓練場や厩舎といった軍施設が広がっていた。

その一角に、他の軍馬達から離すように作られた古い『馬小屋』があった。木々に囲まれて雑草もあまり刈り取られていない。

「調教中の馬も、他にいないみたいですわね」

「そうだねぇ。あの馬、どこに入っているんだろ？」

背の高い雑草に隠れるようにして、マリアとニールがしゃがみ込んで向こうを覗いている。その後ろの少し離れたところに、ルクシアとアーシュは立っていた。

騎馬隊は出払っているようで、道中も他の馬や軍人の姿はなかった。

とても静かで、頭上からは鳥の囀りが聞こえてくる。

きょろきょろしていたマリアとニールが、そう声を揃えた。

「あっ、いた！」

一頭だけ入った小屋に、王族が所有するような珍しい純白色の毛並みをした馬がいた。

通常の軍馬に比べても筋骨たくましく、一回り大きい。

超大型に分類されるものだろう。その大きな蹄も、重量感を思わせる音を上げて土を踏み締めている。

それでいて王宮の軍馬とは、種類も違っているようだった。ゴージャス感のある尻尾、滅多に見られない淡い黄色の鬣《たてがみ》も長くて、馬の中の貴族という風格を漂わせていた。

体格や毛色といった部分だけ見れば、かなり立派な馬だ。

――だがその馬は、噂通り、かなり個性的な顔をしていた。

ふてくされたように眉を寄せる顔、瞼は腫れぼったく目は垂れている。鼻がやたらと大きい印象があって、気のせいでなければ別の動物を彷彿とさせる顔立ちだった。

ニールが、目に留めた次の瞬間、口を手で塞いで笑い声を堪えた。その隣でマリアは、目をキラキラさせて「おぉ」と馬をしげしげ見つめていた。

「個性的だが、いい馬だな」

マリアは、軍馬としての体格の方も含めて評価した。見続けていると、あの変な顔も愛嬌があって可愛い気もしてくる。

かなり脚力もありそうだし、これは是非とも軍馬として活躍させて欲しい。

他の者が調教できない現状を考えてすぐ、動物には嫌われた事がない友人が思い浮かんだ。レイモンドなら大丈夫なのではないだろうか？

昔も癖のある暴れ馬などよくいたが、騎馬隊将軍だった彼が乗りこなしていた。

そう思い返していると、不意に馬がくしゃみをした。

「ペップチン！」

それは、体格に不釣り合いな甲高い声だった。

それを耳にしたニールが、押さえた口元から「ぶはっ」と呼気をもらした。マリアも「面白ぇ！」という本音が出そうになって、素早く手で口を塞いだ。

大型級の立派なその馬は、地の顔も個性的ながら表情もかなり豊かである気がした。くしゃみをする際、ぽってりとした顔の肉が歪められると人間臭くなる。

マリアとニールは、期待を込めた熱い視線を向けた。

その様子を後ろから眺めていたアーシュは、低テンションな顔だった。ルクシアは、間近で戦闘用の馬を見る機会もこれまでなかったので、屈強な馬の大きさに圧倒されていた。

その時、また馬がくしゃみをした。

今度は連続で三回だった。しかも、最後に「ペピュッ」と奇妙な鳴き声を発すると、舌打ちするように口元をモゴモゴとさせる。

「お嬢ちゃん俺もう無理」

口を押さえているニールが、ぶるぶる震えながら一呼吸で言った。こちらの存在がバレようが、もう黙っていられないと言わんばかりに言葉を続ける。

「やべぇ腹筋が崩壊しそうっ。ヅラ師団長にアレ乗って欲しい……！」

「むしろ引き取りたい」

マリアは、オブライトだった頃の感覚で言った。騎馬隊が要らないというのなら、うちで引き取ってどうにかできないだろうかと、軍人当時の思考で考えてしまう。

その呟きを拾ったニールが、うんうんと頷く。

「分かるぜ、アレは結構仕事できそうな馬だもんな！　しかも面白い！」

そう相槌を打ったところで、彼が「ん？」と隣のマリアを見た。

「……もしかして、軍馬を調教でききんの？　お嬢ちゃんが凶暴なのは知ってるけど、まさかそれはないよね？」

「まずは力で叩き伏せて、誰が上かを教えてから訓練する」

「お嬢ちゃん⁉　真面目な顔で何言っちゃってんの超怖いよ！」

マリアは、ニールの言葉など聞いていなかった。

黒騎士部隊は、軍馬にも世話になっていた。オブライトも馬の訓練などやった。ただ不思議なのは、自分が今も昔も動物には懐かれないという事か。

大丈夫。人も動物も、まずは拳でぶつかれば分かりあえるものなのだ。

軍人だった当時を懐かしく思い返し、一人頷く。そのそばでニールが「あれ？　そういえば、軍馬だろうと力技で行く人がいたような……」と呟いた時――。

「ペップチィイイ！」

例の馬が、一際強くくしゃみをした。

思い出そうとしていた事も、一瞬で頭の中から吹き飛んだらしい。ニールが吹き出して、腹筋も崩壊した様子で笑い転げた。

「軍馬としてデビューさせるべきだって！　あっはははは俺はファンだぜ！」

マリアも、つい素の口調で「あはははっ」と腹を抱えて笑ってしまった。自分もあの馬が好きだなぁ、とニールに賛同する。

途端に賑やかになった一方で、後ろではルクシアとアーシュがドン引きしていて、そこにはひどい温度差ができていた。

顔やくしゃみが個性的とはいえ、相手は大型級の軍馬である。むっつりと気だるい顰め面も、威圧感がないわけではない。

であるというのに、マリアとニールは平気で「愛嬌がある」「面白い」「是非とも現場で活躍してもらいたい」などと言っている。あの大きくて屈強な馬を前にして、何故そうできるのか、二人は不思議でならなかった。

すると、笑い声に気付いた馬が、こちらを見た。顔とくしゃみが個性的なその馬と目が合った瞬間、マリアとニールが「こっちを見た！」と声を揃えて目を輝かせる。

その様子を見たルクシアは、思わずアーシュへ言った。

「仲がいいのか悪いのか、この二人の事が分からなくなってきました……」

「俺もマリアの言う『愛嬌がある』が分かりません……なんか、どっちも軍人目線で馬を評価しているところがある気はするんですが」

そこでようやく、マリアは後ろの二人が静かな事に気付いた。

後頭部の大きなリボンと、背中に流れるダークブラウンの髪を揺らして肩越しに振り返る。その気配を察したニールが、条件反射のように同じくそちらへ目を向けた。

「ルクシア様、あの馬にもっと近付いてみませんか？」

「え」

マリアに提案されたルクシアが、珍しく言葉を詰まらせて一歩引く。ニールがその隣を見て「あれ？」と首を傾げた。

「アーシュ君も、なんで面白い顔してんの？」

ルクシアとアーシュは、じりじりと後退していく。

その様子を見つめていたマリアは、ニールと顔を見合わせた。傭兵時代から軍馬は見慣れており、怖いという感覚を知らなかったので不思議に思ってしばし考える。

「もしかして、あの二人は馬が苦手なのかしら？」

「どうだろ？　軍馬が出歩いてるのとか、結構普通に見る気がするけどなぁ」

せっかくここまで来たのに勿体ない。そう意見が一致していた二人は、頷き合うと立ち上がって二人のもとへ向かった。

ニールがアーシュの肩に腕を回し、マリアはルクシアの小さな手を掴んだ。そうして戸惑う彼らを、今まで自分達がいた特等席に連れて来てしゃがませた。

「ほら、ルクシア様。ここからなら、一番近い感じであの馬が見えますよ」

「いえ私は別に――」

「アーシュ君、馬は利口で賢い生き物なんだぜ。人間にとって友達みたいなもんさ。俺なんて仲良くしていた馬に顔覚えられて、しょっちゅう蹴り飛ばされそうになったもん」

「お前っ、それ全然説得力ねぇよ⁉」

アーシュが、警戒心マックスでニールを振り返った。ルクシアも「まさかメイドに肩を押されて、しゃがまされる事になろうとは……」と呟きながらマリアを見る。

二人の視線を受け止め、マリアとニールは揃って笑顔で首を傾げた。

「この距離だったら、何かあっても私の方で対処できますし、大丈夫ですよ」

「そうそう。こっそり騎馬隊のところ覗きにくるのも、結構面白いもんスよ。あ、今度ルクシア様とアーシュ君に、鶏小屋を案内してあげるね。可愛いヒヨコもいっぱいでさ、超もふもふなんだぜ」

「お前は王宮に遊びにきてんのか⁉」

ニールが先輩ぶって胸を張った途端、アーシュが目を剥いて言い返した。

「こいつ、マジで信じられねぇッ。おい、マリア、『その案いいかも』みたいな顔をすんなよっ。んなの絶対やらないからな――」

「ペップブフゥ！」

馬が、一際大きなくしゃみをした。

少し場が沈黙に包まれた。まるで笑うみたいな声にも聞こえたが、馬鹿にされたのだろうか……そう一同が思ったところで、アーシュがプツリと切れて立ち上がった。

「そもそもお前！　立派な馬だろうが⁉　なんだその『くしゃみ』は！」

そう怒鳴るのを聞いた途端、ニールが再び笑い転げた。

「アーシュ君のツッコミが的確でウケる！」

「何がそんなにおかしいんだよッ」

アーシュが怒るそばで、マリアはじっくり馬を見つめて「よくよく見ると、あの顔も可愛い……」と真剣な表情をしている。

ルクシアは、三人三様の状況に呆気に取られていた。再び馬が甲高い声でくしゃみをしたのを聞いて、当初の緊張もない目をそちらに向ける。

騒ぐマリア達のせいか、ルクシアの目にも『変わった馬』として馴染んでしまっていた。なんだか人間臭くて、とてもじゃないが忘れられそうにない。

「まぁ、恐らくは風邪ですかね……あの馬には、風邪薬が必要かもしれません」

少し調べれば、あの馬に効く薬を調合して作ってやれるかもしれない。

そんな事を自然と考えてしまったルクシアは、ふと気付いて苦笑を浮かべた。

忙しいというのに、余計なお節介を焼こうとしている。それでいて、この場に流れる空気を悪くないとも感じているだなんて、少し前の自分からは考えられない事だ。

「本当に、騒がしい人達です」

ルクシアは、大きな眼鏡を指で持ち上げた。

再び馬が「ペップュ！」とくしゃみした。その変顔を正面から見てしまい、笑い転げて騒ぐ三人につられて、彼も小さく笑ってしまったのだった。

三

この日も、アーバンド侯爵邸はいつも通りの朝を迎えていた。

変わった事といえば、王宮からの迎えがなかったため、リリーナもゆっくり起床した事。アーバンド侯爵も、外出の予定を入れずに書斎で仕事をしている。

――が、実のところ使用人達の方は、臨時スケジュールでやや忙しくもあった。

「アルバート様とマシュー、今日はまた一段と出発が早かったのね」

夜明け前からの業務だったが、顔を見ていない。一息吐いたところでようやく気付いて、マリアは小首を傾げた。

登城がなくなった本日、マリアは珍しく二階の女性使用人の控室にいた。普段なら一階で臨機応変に雑用をこなし、リリーナの相手などをしているところだ。

実は、今日、例の茶会が屋敷で開催される事になっていた。

保護者として、ディアン男爵も訪問する予定だ。リリーナ達が初交流している間に、アーバンド侯爵と初めて個人的に話をする段取りになっている。

その準備のため、マリア達は屋敷での通常仕事に入る前に、その支度をしていたところだ。作業は思っていたよりも早く済み、予定されている普段の仕事が始まるまでの時間が余った。

王宮の方は、引き続き〝待機〟の状態だ。

茶会が早々に決まった事もあって、マリアもあっさり休みが取れていた。

臨時班として、ハーパーの件を自ら引き受けたジーンからの音沙汰はない。彼は、例の毒の件も追っていたから、気遣って名を口にしないでいるその【リリスメフィストの蔓】の今後についての話し合いなどにも参加しているのだろう。

異国のその猛毒が国内で使われているなど、あってはならない事だ。

毒の解明と、解毒剤の開発が急がれている。マリアは詳しくは知らないでいるものの、軍は毒について、次の事に重点を置いているだろうとは推測していた。

――出処を全て潰す事。

――それと同時に『戦争屋』と『ガーウィン卿』の件にも長年の決着を付ける。

十六年前、オブライトとして死に、ただの女の子として生まれ変わった今の自分には、その間の事情や詳細は分からないのだけれど。

その時、同じく一休憩組のマーガレットとカレンが、揃ってマリアへ視線を向けた。ちょうど、他のメイド仲間達が仕事に向かったのを見送ったばかりだ。

「ねぇ、マリア……今それを口にするとか、ちょっと遅すぎない？」

そう言葉をかけてきたのは、三十代に入ったばかりのメイド、カレンだった。きつめの目付きを隠そうと考えて、度の入っていない丸みのある眼鏡をかけている。

少し癖のある赤茶色の髪。女性の戦闘使用人の中では唯一の肉弾戦専門で、女性として魅力的な体型のメイド仲間達が多い中、胸元の膨らみが皆よりやや劣っていた。

「そう？」

「絶対にそうよ。鈍いというか、呑気というか」

答えるカレンは、姿勢を楽にして頬杖をついている。侍女長エレナの目もないため、客人向けの淑女然とした雰囲気は一切なかった。

長いスカートの先から、マリア達とは少し違った鉄仕込みの軍仕様のブーツが覗いていた。組まれた彼女の足先が、思案するように数回左右に揺れる。

しばらくもしないうちに、カレンが溜息をこぼして頬杖を解いた。

「この話はやめましょ。マリアって仕事はできるんだけど、こう、ぼんやりしているというか、どこか抜けている感じが否めないし」

言いながら、諦め気味に片手を振る。

すると、その隣に腰かけていたマーガレットが、やんわりと苦笑を浮かべて口を挟んだ。

「しょうがないわよ。マリアの事だもの」

マーガレットは、三十歳には見えない童顔のメイドである。母性を感じさせる柔らかな雰囲気をしており、誰よりも女性らしい身体をしている。

意識して寄せられたわけでもないのに、両手でティーカップを持って一息吐く彼女の豊かな胸が、メイド服を押し上げてその存在感を主張した。

いよいよ目を引くほど目立ったその胸元に、カレンが目を向け、マリアも思わずそこを見た。

「どうしたの、二人とも？」

マーガレットが小首を傾げて尋ねた途端、カレンが苦々しい表情を浮かべた。

「ねぇマーガレット。何を食べたら、そんな素敵な身体になれるわけ？」

「またそれ？　カレンは、運動しすぎじゃないのかしら。ああ、マリアは大丈夫よ、まだまだ成長期ですもの」

そう言って、マーガレットがふんわりと微笑む。

彼女はこう見えても、長距離射的派のマークとは対照的に、超近距離射撃用の銃器が専門の戦闘メイドである。屋敷にある銃器は、改造から整備まで全てマーガレットが担当していた。

「やっぱり、それくらいの魅力が必要なのかしらねぇ」

カレンが頭の後ろに両手をやって、溜息をもらしながら椅子の背にもたれる。

「カレンは、とても魅力的で素敵よ？　ただ、少し淑女らしさが足りないのかも」

「私、結構ちゃんと使い分けてるじゃない。そ・れ・に、あの双子姉妹よりは断然、私の方が淑女っぽいから！」

本来の性格はとても勝気で好戦的ながら、カレンの客人向けの顔は完璧である。いつもそれだとストレスが溜まるので、タイミングを見計らって淑女モードを頻繁に解くのだけれど。

そんな彼女と同じように、二十代後半の双子姉妹であるメイド仲間も〝役作り〟は見事だ。仕事服に着替えると『静々とした従順なメイド』を簡単にこなす。

――だが、それはあくまでお客様向けである。

離れの女性使用人専用アパートメントにいる時は、それとはかなりギャップのある本性を露わにするメイドだった。

強い癖のある髪を遊ばせて、小さな尻が隠れるばかりの上肌着一枚で平気で歩く。肩紐や下着がチラリと見えたりするのも恒例だった。

『オンとオフを使い分けるのよ』

『うふふ。大人しい私と、過激な私を楽しむの』

それが双子姉妹の口癖だった。何が楽しいのかと尋ねると、「マリアにはまだ早いから、大人になったら教えてあげるわ」と言ってはぐらかされたりする。

マーガレットとはまた違った、張りのある妖艶な魅力を持った姉妹だ。

カレンは日頃から、彼女達に「その色気を分けて欲しいっ」と悔しそうにする事が多かった。けれどマリアに言わせると、引き締まった身体付きのカレンだって、目がパッチリとした元気ある可愛らしい女性だ。

「カレンも十分魅力的よ。すっきりした衣装も着こなせてしまうし、私は好きだなぁ」

「……ありがと。マリアが男だったらトキメイてるわ」

でも今の胸のサイズは不満なのよねぇ、という本音がカレンの口の中に消えていく。マリアとしては、今の彼女の胸の大きさも羨ましい。

「あ、そういえば」

ふと、カレンが思い出したように背を起こして、マリアを見た。

「フォレス執事長に訊いてくれた？　昨日も、私達が予想した通り『遊戯室』行きだったんでしょ？」

問われたマリアは、ほんの数時間前に終わった飲み会を思い返した。

実は、昨夜も男性陣メンバーによる飲み会が開催されていたのだ。

理由は「リリーナの祝・茶会デビュー！」だった。ギースは酔っ払ったガスパーに、マリアは執事長フォレスに担がれて『遊戯室』に直行となったのである。

戦闘使用人の中で、フォレスはトップの肉弾戦派だ。同じ戦闘スタイルとして憧れでもあるのか、カレンは昔から彼のプライベートの好みなど聞きたがった。

その訊き出し役を、マリアはよく頼まれた。

他の女性使用人達より、執事長であるフォレスと話す機会が多い。なのでマリアは「いいわよ」と、いつも快くカレンの頼みを引き受けている。

——のだが、実は、彼女には知らせていない事が一つあった。

当初からずっと、フォレスには、カレンからの質問であるとバレてしまっていた。さりげなくを装って尋ねるたび、彼は『またカレンさんですか』と見破った。

『本人がバレていないつもりでいるのなら、教えないのも一つの配慮です。カレンさんも、いつかは飽きるでしょうから』

そう最初に彼に言われてから、約十年が経っている。

それでも、あの頃と変わらずそれは続いていた。マリアは不思議に思っているのだけれど、何故か使用人仲間達からは「引き続きカレンに協力してあげて」と言われてもいた。

自分で訊いた方が、効率もいい気がするんだけどなぁ……。

マリアはそう思いながら、昨日もらった回答を思い起こしてカレンに教えた。

「フォレス執事長は、『どの女性にも魅力や素晴らしさはある』と言っていたわ」

「くッ、そう来たか……！」

カレンが、悔しそうにテーブルに拳を押し当てた。

「好みのタイプに関してもそうだけど、毎回質問の仕方を変えてみても、どんな内容だろうとはぐらかされるのよねっ。直球でアタックしても毎度同じだし……」

何やら、怨念でも吐くように口の中でぶつぶつ言っている。

「マリアを行かせてもガードが固いとは、なんて強敵なの。というか、もう私は十代の小娘でもないのに、ずっと子供扱いとか有り得ない。……こうなったら、何がなんでも絶対に意識させてやるわ！」

唐突にカレンが、テーブルにドンッと足を乗せて意気込んだ。

「カレン、何を意識させるの？」

マリアは不思議に思った。今日も元気みたいだなぁと先輩の戦闘メイドを見つめていると、マーガレットがさりげなく間に入って視界を遮った。

「マリア、カレンの事は少し放っておいてあげましょう。それからマシューとアルバート様だけど、今後の日程の調整もあって、今日は普段より早めに登城したのよ」

「それなのに飲み会が決行されたとか、自由過ぎる……」

マリアはつい、視線を落として素の口調で呟いた。マシューは潰れたギースの介抱に回ったり、途中、アルバートとマジなビリヤード合戦をしたりしていた。

「うふふ。男の子って、いくつになっても子供みたいで可愛いわ」

昨夜の事を思い返していたら、マーガレットが微笑ましげに言うのが聞こえた。

ふと、マリアは『遊戯室』が、基本的に男性限定だった事を思い出した。いつの間にか、そこに自分も一緒くたにされている現状に今、気付いた。

「私があっちの飲み会に参加してるの、おかしくない……？」

女性陣は、ビリヤードやポーカー等のお遊びには興味がないようで、たまにカクテルパーティーを楽しんだりしていた。

この前は、寝る前に〝ココアパーティー〟をやったのは覚えている。

両方に参加しているのはマリアだけだ。これは一体どういう事だろうかと彼女が呟いたら、マーガレットが可愛らしい表情で小首を傾けた。

「揃って楽しそうでいいと思うけれど、何がおかしいの？」

「え。いや、だって、その、楽しそうとかそういう問題ではなく――」

すると、カレンがそばから「いいじゃない」と言ってきた。

「だって、マリアって昔からあの面々の中にいたし、ちっとも違和感ないし。訓練の時だって、マークとギースとの三人一組だったでしょ？」

「まぁ、確かにいつも三人だったけど……今思えば、それもそれでどうなんだろう」

「フォレス執事長の拳骨って、かなり痛そうよね」

「痛い。あれは、マジでやばい」

マリアは、即、真剣な面持ちでそう答えた。

可愛らしいのに、その表情は不思議と凛々しく男性的にも感じる。恐らくは口調と雰囲気が合っているせいかもしれないと、カレンとマーガレットは思った。

――まるで騎士みたいな、昔から少し変わった子だったから。

「ここまで口調を直させた執事長も、凄いわよね」

「そうね。でも、私はそこも少し不思議なのよね」

そこでマーガレットが、カレンに答えつつ頬に手を当てた。

「そもそも執事長は、女性には拳骨を落とさない人のはずなのだけれど……」

拾われたばかりだった頃のマリアは〝少女っぽくない〟感じが強かった。エレナ侍女長への負担を考えて、執事長フォレスが彼女のメイド教育を引き受けたのだろう、とは推測されている。

勿論、力加減は完璧に調整されている。

それでいてマリアは、あの執事長フォレスの腹部に頭突きを食らわせて眉を顰めさせたという、戦闘使用人達の中でもトップクラスの石頭だ。

「うん。頭の形が変わってしまう事もなくて、本当に良かったわ」

マーガレットは、カレンがマリアを心配していた事も知っていた。まるで小さな妹ができたみたいだと口にしていたし、皆、同じ気持ちでマリアを見守ってきた。

拳骨を落とされすぎて頭の形を心配されている……。

当のマリアは、再びティーカップを手に取ったマーガレットを見た。するとそのタイミングで、カレンが質問を投げかけた。

「ねぇマリア。明日も王宮へ行くのよね？」

「え？　うん、そうだけど」

「この前から始まった〝表側の新しい活動〟とやらも、楽しめているみたいだし。引き続き〝お手伝い〟ができて良かったわね」

にっこりと笑いかけられて、マリアは戸惑った。

彼女が言っているのは、数日前に始まった〝臨時班〟の活動の事だ。最近、王宮でルクシアの方を手伝う事になったのも含めて『良かったね』と言われている。

でも、その理由が分からない。

だって戦闘メイドとして、少し貸し出されているだけであって――。

すると、そんな思考を遮るように、鼻をきゅっとつままれてしまった。マリアは近くまできたカレンの顔を見て、びっくりして空色の目を丸くした。

「臨時班とやらの前日、なんだか一人で悩んでいたでしょ？　それが嘘みたいに笑っているんだもの。きっと、一緒に仕事ができて嬉しくて楽しいのかなって」

楽しい。確かに、そうだ。

マリアは、気付かされて言葉が出なくなった。

――そして私は、オブライトとして身勝手に死んだ癖に、もう一度、剣を握って、〝友人〟達の助けになりたいと思っているのだ。

「どうしたの？　続けたかったから、それを旦那様にお願いしたんでしょ？」

「え。あ、うん……実は、そう、なの」

「ふふっ、だから私達も応援してるのよ」

そう続けたカレンが、勝気な笑顔を見せて、ゆっくりと手を離していった。

どうやらアーバンド侯爵に話をするまでの間の、そわそわとしていた事も全て皆に筒抜けだったらしい。

詳細を訊いてこないのも、気を遣っての事なのだろう。マリアは鼻を擦りつつ、「敵わないなぁ」と照れ隠しのように素の口調で呟いた。

カレンがマーガレットと目を合わせ、「よしっ」と立ち上がる。

「マリア、私はあなたの『お姉さん役』でもあるわ。『妹を泣かせんな』の忠告がてら、見極めつつ一発入れてくる事にかんしては、安心して任せて！」

唐突にそう告げられたマリアは、ポカンとした。

一体なんの事か分からない。胸に手を当てて満面の笑顔で言い放ったカレンが、そのまま「先に行くわね」と歩き出して休憩室を出ていってしまう。

マリアは、会話の流れが掴めずマーガレットへ目を向けた。

「………任せてって、何が？」

「うふふ、明日以降のこっちの話よ。マリアは気にしなくてもいいの」

どこか微笑ましげなマーガレットが、続いて立ち上がった。

「さて、私達は先に、ディアン男爵様達を迎える準備をしましょう」

※※※

そうして、数時間後。

予定されていた通りの時間に、ディアン男爵家の馬車がアーバンド侯爵邸に到着した。

マリア達使用人が揃って迎える中、男爵がジョセフィーヌと共に下車する。

十二歳のジョセフィーヌは、先日に会った時と同じく癖の入った長い髪を背中に流していた。

控えめな色の衣装ながらも、勝負服のごとくレースもたっぷりされて重量感があった。何度も忙しなく落とされる視線からは、彼女の内気な性格が伝わってくる。

だが、彼女の最大の緊張はマリア達ではない。

チラチラ向けられている熱い視線の先には、待っているアーバンド侯爵の隣に立つリリーナの姿があった。

十歳のリリーナは、仕立て直した秋先のドレスに身を包んで少し緊張気味だ。癖のない美しい蜂蜜色の髪と、素直そうな輝きを宿した大きな藍色の瞳。本日も頭には、マリアとお揃いのリボンをしている。

昨日まで「友達になれるかしら」と楽しみにしていた事もあるだろう。可愛らしい顔でドキドキしている様子は、見る者の庇護欲をよりそそる。

そんな本物の彼女を前にして、ジョセフィーヌもドキドキがピークになっているようだった。

「ようこそ、我が侯爵邸へ」

「いえ、こちらこそ本日はお世話になります」

アーバンド侯爵の歓迎の言葉を受けたディアン男爵も、少し恐縮しているようだ。初めて声を聞いた際に、やや返事が遅れて背筋がしゃんと伸びていた。

「このたびは、お招き頂きまして誠にありがとうございます。爵位は男爵、ディアン・アドムソンと申します」

挨拶してきたディアン男爵は、やや緊張しつつも愛想良く握手を求めた。一回り年上のアーバンド侯爵と、しっかり手を握り合って柔らかな笑顔を浮かべる。

そこに、グイードに似た社交的な気質が窺えた。ジョセフィーヌと同じく、グイードの遠い親戚である彼は、笑った表情が少し似ているなと思った。

――元気にしているだろうか。

そんな思いが、ふとマリアの頭を過ぎった。とあるきっかけで、家族達を紹介されてか

ら、たびたび世話になったのを覚えている。

初めて顔を合わせたのは、グイードに半ば強引に誘われて彼の里帰りに付き合った時だ。屋敷で待っていたのは、彼の家族達で、隊長に就任した【黒騎士】の噂は知っているだろうに、すぐに笑いかけてきたのだ。

『うん。息子に聞いていた通り、いい男だ』

『え？　あの、俺は――』

『俺はグイードの叔父だ、よろしく。んで、そこにいるのが俺の嫁と子供達、そんで向こうにいるのがグイードの母親で、そっちにいるのが――』

『まさかの親戚まで……!?』

『ははは。だってグイードが、後輩で友人の【黒騎士】を連れて来るって言うんだから。何も戸惑う必要なんてないよ。目を見れば、どんな人間かくらい分かる』

『我が子爵家にようこそ、黒騎士オブライト』

そうして、一人ずつに手を握られたのだった。

マリアは思い返しながら、ディアン男爵を見つめた。先日、リリーナの友人になってくれないかという旨の手紙を受け取った時は、大変驚きましたと男爵が言っている。

「ジョセフィーヌが、まさか第四王子殿下の婚約者様の専属メイドと、王宮で話す機会があったというのも、まるで夢のようなお話で」

「縁があったのでしょう」

アーバンド侯爵が、彼の笑顔につられて「ふふふ」と微笑む。

縁というか、巻き込まれた流れで出会ったというか……マリアは、そう言いたげな表情になった。事情を知っている使用人仲間からは、生温かい視線を向けられている。

「そうだといいですねぇ。そのおかげで、こうしてお話しできている事を嬉しく思います」

「私も嬉しいですよ。急なお誘いで申し訳なかった」

「いえいえ、私の方はゆっくりとしたスケジュールでしたから。こうやって早くに茶会が実現したのも、縁とタイミングが――ああ、そうそう、お手紙の事もありましたね」

とくに、そのおかげがあって叶ったのだと、ディアン男爵は思い出す。

「驚きました。便りがすぐに届いて、一日に何便も通うとは思ってもいなくて。侯爵様用に、訓練された鷹でもご所有なのですか？」

人力です。

マリアは心の中で答えた。今回は〝誰が走ったんだろうな〟と少し考えてしまう。周りの使用人達も、同じ事を考えながら客人向けの笑顔を張り付かせている。

というか、ディアン男爵、ちょっとポヤポヤしてるな……。

普通であれば、距離があるのに、一日に何通も手紙をやりとりできる事に疑問を抱きそうなものだ。

だが、にっこりと笑ったアーバンド侯爵につられるようにして、ディアン男爵は人のいい笑顔を返しているだけだった。手紙の往復には、全く疑念などないらしい。

「ふふっ、ディアン男爵、早速ですが私の娘をご紹介しましょう」

どうやらアーバンド侯爵も、彼の事を気に入ったようだ。そわそわとジョセフィーヌばかり見ているリリーナの背に腕を回し、前へと促した。

リリーナとジョセフィーヌが、向かい合った。

どちらも、幼さの感じられるその大きな目には、印象良好な輝きが宿っていた。苦手意識はないらしい。両家の父親達が、安心してお互いの子供達の紹介をした。

そうして「友達になれるよう二人きりにしてあげましょう」とアーバンド侯爵が提案して、場所を移動する事になった。

※※※

リリーナとジョセフィーヌのティータイムが、開けた庭園の一つで開催された。

背丈の低い花々に囲まれた鑑賞用庭園の一つだ。秋先から咲き始めた数種類の花は、既にほぼ満開となっている。

考えてみれば、見合いの件からバタバタと日が経ってしまったのだ。

設けられた二人の席から、少し離れて控え立ったマリアは、花の様子から今更のように実感した。

まだポカポカと温かいと思っていたのに、最近は夕方になるとやや風の涼しさが肌に小寒さを覚えさせる。しばらくしたら、メイド服の袖丈も変わるだろう。

そんな事を考えるマリアの隣には、執事長フォレスが立っていた。片腕には入り用の場合の布巾を携え、胸元のポケットからは銀の懐中時計の装飾紐が覗いている。

ここにいる使用人は、専属メイドと屋敷の執事長のみだ。

それは十歳のリリーナと、十二歳のジョセフィーヌを緊張させないようにとの配慮からだった。

——マリアに関しては、ジョセフィーヌの『協力してくださいまし！』の要望も反映されている。

リリーナとジョセフィーヌは、向かい合って座っていた。テーブルの上にはティーセットが置かれ、料理長ガスパー作の繊細で美しいケーキや菓子が並んでいる。

「こ、このたびは、お招き頂きありがとうございます。嬉しいのですわ」

礼儀作法として紅茶を少し口にした後、ようやくジョセフィーヌがもじもじと切り出した。すっかり緊張して照れ切っていて、正面のリリーナを直視できていない。

ちょっと潤んだ自信のなさそうなブラウンの瞳。頬はほんのりと桃色に染まっていて、時折膝の上に落ちている髪を時々指先でいじる様子はあどけない。

まるで恋する乙女のようだ。

だが、マリアはそんな事など頭に浮かばず、彼女の幼い外見や様子にすっかりほだされていた。

「ふふ、可愛いなぁ」

「マリアさん、心の声がこぼれていますよ。本日ここに立たされている原因が、彼女である事をすっかりお忘れのようですが、とりあえず表情を引き締めなさい」

眺めているフォレスは、執事としての表情ではいるが無の境地の眼差しだ。

するとリリーナが、ようやくジョセフィーヌが喋ってくれたのを喜ぶように手を叩いてこう言った。

「私も嬉しいですわ。お父様からお話があったあと、マリアからも話を聞いて楽しみにしていたの！」

リリーナの方は、緊張感もなく好奇心いっぱいといった感じだった。つい、普段の愛らしい口調が出てしまうくらい、リラックスしている。

彼女が、初対面でこんなにも安心しきっているのも珍しい。アーバンド侯爵が何度か連れて行った先の屋敷の子供達とも、個人的な交友に至るまでにはいかなかった。

父親同士を交えた際の、自己紹介の時の印象が良かったのだろうか。思えば移動している間も、愛らしい目でジョセフィーヌを何度も見ていた。

マリア達がそう思い返していると、こぼれんばかりの笑顔を向けられたジョセフィーヌが、大きく目を見開いてちょっとよろけた。

「くっ……可愛い……！　なんっっって、天使……っ！！」

顔面を押さえて天を仰ぎ、何やら呻いているのが聞こえてくる。

それを聞き取ったマリアは、共感たっぷりの表情で「分かる」と数回頷いた。フォレスは半眼になっていて「まるであなたとアルバート様の同類を見ているようです」と感想をもらした。

「ジョセフィーヌ様は、アップルパイはお好き？　実はね、私、料理長が作るこのアップルパイがとても好きなの」

そう続けたリリーナが、何かに気付いたようにパッと口元に手を当てた。

「あっ。ごめんなさい、嬉しくてつい口調が……」

言いながら、リリーナが恥ずかしがって頬を染める。とくに婚約披露パーティーが近くなってからは、第四王子クリストファーの婚約者としても意識して頑張っていた。

めっちゃ健気……っ！

マリアは、口を手で押さえて感動に震えた。

王宮で過ごしている間は、リリーナと離れている時間が長い。だから、彼女の成長を見守っている身としては、それをこの目にできるのも嬉しかった。

「どうしよう私の小さな主人が愛おしすぎる」

心の声がもれたマリアの横で、フォレスが何かを非常に言いたそうな顔をした。しかし、その視線がジョセフィーヌに戻されると口にする気力もなくなった。

席に着いている彼女もまた、至極感激していた。

「リリーナ様、反応も全部愛おしすぎますわっ」

「え？　いいえ、そんな事は。ああ、本当にごめんなさい。恥ずかしいところをお見せしました」

「俯く姿も最高なんですけれど！！　あっ、その、違いますの、そうではなくって。どうか俯かないでくださいませ。わたくし、気にしておりませんから」

わたわたとジョセフィーヌが言葉をかける。

「ええと、アップルパイはこちらの手作りだったのですね。とてもいい香りがしますわ。お味は——えっ、何コレとても美味しいですわ⁉」

直後、一口食べた彼女が目を剥いた。

リリーナが、ぱっと嬉しそうな表情を見せた。

「良かった！　美味しいでしょう？　料理長はごはんからスイーツまで、なんでも作れる素晴らしい人なのよ」

「このアップルパイ、お世辞抜きでほんとに美味しいですわ。私、引きこもりで、ケーキを焼いたりするのですけれど、何かコツはあるのかしら――あっ」

今度は、ジョセフィーヌが指先を口元に当てる。

しばし二人は見つめ合った。やがて、どちらともなく、互いに詫びるように先程よりぐっと打ち解けた柔らかな苦笑を浮かべた。

「ねぇジョセフィーヌ様、普段の口調で話さない？　私、あなたと気兼ねなくもっと話したいわ」

「そ、そうですわね。ええ、とても嬉しいご提案ですわ！　わ、わた、私もリリーナ様と楽しくお喋りしたいですっ」

「ふふっ、ありがとう。それから料理長はね、『コツは愛』と言っていたわ」

内緒話をするような距離感で、言葉を交わした彼女達が小さく笑い合う。

ジョセフィーヌは、とても照れつつも嬉しそうだった。続いてリリーナは、幼くともしっかり主催者側としてリードするように、楽しげに菓子を紹介し始める。

「お嬢様、ご立派です」

執事長フォレスが、真面目な顔のままじーんっとした様子で呟いた。

「王宮へ通うようになってから、それだけご成長されたのですね。日に日にご自覚も強まってしっかりされていっているのは分かっておりましたが……こうして目の前にすると実感もひとしおです」

「全くもって同感です」

隣にいたマリアは、同じく真剣な表情で一つ頷いた。

――不意に、一つの想いが実感を持って胸を貫いていった。

ああ、いつか、と、マリアはその空色の瞳に彼女を映しながら思った。

いつか彼女に〝お姉さんのようなメイド〟の必要がなくなる日がくる。そうなったら自分は、お節介な世話焼きを卒業しなければならないのだろう。

カチャ、というティーカップの音が耳に入って我に返った。

前世を軍人として生き、護衛としての経験もあるせいか。人の動く気配や声とは違った硬質なその音に、考え事から現実へと引き戻される。

マリアは、向こうにある茶会の光景に目を留めた。リリーナとジョセフィーヌが、互いにティーカップを置いて顔を見合わせお喋りをしている。

「執事長。このまま彼女達の方で、うまくやれていけそうですね」

こっそり述べると、そばからフォレスもそっと答えてくる。

「そのようですね。彼女の『交友計画』とやらは、順調でしょう」

先日、マリアはジョセフィーヌに〝交友の手助け〟を頼まれていた。この茶会でそれが実行できるよう、女性使用人の代表でこの場を任せられる事になったのだ。

それを執事長フォレスがフォローする——という段取りだったのだが。

「でも私、する事ありますかね？」

正直、開催されてからずっと感じていた思いを、今更のように口にした。

リリーナは、視線で助けを求めてくる事もなく会話に夢中だった。それでいてジョセフィーヌも、まるで二人だけの世界にいるかのごとく、こちらの存在を忘れている気もする。

「まぁ良いではありませんか。うまくいっているのなら」

個人的には、よその令嬢の頼まれ事や事情などに興味はない。結果としてリリーナの良き事に繋がればそれでいい。

フォレスの口調からは、そんな彼の考えが見て取れた。

「お嬢様も彼女には打ち解けているようですし、このまま私達の出番はとくになさそうです。今回の件で、マリアさんがもう困らされないのなら大成功でしょう」

「まぁ、茶会の席をと発言した手前、見届けないとなぁ、とも思いましたし」

協力を、と頼まれた時には既に同席を考えていた。

「あなたは、優しすぎるんですよ」

不意にフォレスが、珍しく「ふっ」と少しおかしそうに笑みをもらした。

「だからいつだって巻き込まれて、その周りに人が集まるんです」

そんなもんかなぁ、とマリアは半信半疑だった。

だって自分は、優《オブライト》しくなかった。だから【黒騎士】は〝最凶〟とも名付けられて『人殺し部隊の』『戦場を駆ける悪魔』と揶揄され、――多くに嫌われていた。

マリアは少しだけ、そんな前世《かこ》を思い出した。


新しいティーカップへと一回変えて、減りの目立った種類の菓子を一回補充。好評だったジャムの小瓶を入れ替え、口直し用に小さなサイズのクッキーを追加した。

それ以外に大きな動きはなくて、初の顔合わせは平和なものだった。

マリアは、フォレスと一緒に待機状態を続けた。しばらく立ったままの姿勢だった。

――のだが、彼女はちっとも退屈をしていなかった。

「はぁ。やっぱり可愛い」

子供同士が幸せそうにしている光景というのは、どうしてこうも心を潤すのか。思わずマリアの口から、うっとりとした調子の呟きがもれた。

リリーナは元気いっぱいの笑顔だし、ジョセフィーヌも頬を火照らせて興奮気味にお喋りしている。それでいて時々まだ少し慣れない様子で、二人一緒になって恥ずかしがったりしているのも、大変、イイ。

「どっちも純心というか、初心なんだなぁ」

ケーキと菓子も大好評で〝ちんまりとしている二人〟が、パクパクと美味しそうに食べ続けている姿も、ずっと見ていて飽きないものだ。

「――あなたの個人的な嗜好を否定するつもりはありませんが、ひとまず、少しは表情を引き締めなさい」

「え？　私、何かしていましたか？」

声が聞こえて、マリアはフォレスの横顔を見上げる。

「一応、お客様の席を任せられているメイドなのですから、侯爵家のメイドとしてきちんと見られるようにするのも大切です」

マリアは、しばし理解のための間を置いた。

きちんとしているつもりなのだが、執事長は一体、何を言っているのだろう。

そう彼女の目と表情は語っていた。真面目に考えた上で困惑しているマリアに、フォレスも真顔で諦めている様子だった。

「あっ、え、そうだったの⁉」

不意に、そう驚く声が聞こえてきて、マリアとフォレスは目を戻した。

向こうではリリーナが、目を真ん丸くしてジョセフィーヌを見つめていた。

「びっくりしたわ、お外で私の事を見掛けていたのね」

「ええ、だから、こうしてお会いできるのを本当に楽しみにしていたんです」

ジョセフィーヌが、もじもじと恥じらいつつ答える。

「一方的にお顔を知っていただなんて、リリーナ様は驚かれたかもしれませんけれど」

「いえ、私が驚いたのはそこではなくて」

「そこではない？」

少しの間、きょとん、と二人が見つめ合う。

めっちゃ可愛い。マリアは、口を片手で押さえて感激を噛み締めた。フォレスは自分の役目を果たすべく、リリーナ達を見つめたままマリアに関しては無の境地だ。

「家族でお外を歩いていても、あまり人から顔を覚えられる機会がなくって」

リリーナが小首を傾げつつ答えた。

「そうなのですか？」

「だって、みんなお兄様に声をかけるから」

そう告げられたジョセフィーヌが、疑問府いっぱいの表情で首を傾げる。下ろされたままの癖の入った長い髪が、華奢な肩先や腕でふわふわ揺れていた。

リリーナもまた、とても不思議そうだった。

「お兄様、とても素敵でしょう？　一緒にお外を歩いていると、男性も女性もお兄様とお話ししたがるの」

そこで、ようやくリリーナが何を言っているのか気付いたらしい。ジョセフィーヌがちょっと目を見開いて、遅れて「あっ」と声を上げた。

「ええ、勿論、その、私も、あの時にリリーナ様と一緒にいらしたお兄様をお見かけました。腕をお貸し頂いておりましたわよね、なんてすごく羨ましい密着具あ――じゃなくって、妹想いの方なのだろうと」

慌てたように彼女が言葉を紡ぐ。一生懸命、何か言い訳でも考えるように、すっかり俯いてしまっていた。

「えぇと、パッと見て兄妹だと分かりましたわ。ええ。すらりと背が高くて、確か同じ色の目、だったような……ハンサムな方、だったような気がします」

言葉の端々に続く自信のない言葉は、全く眼中にありませんでした、と見て取れるボロだらけだった。

それ以上は続けない方がいい。言い訳どころか、白状になってるから。

マリアは、どうやら社交を苦手としている彼女が、その場をしのぐ会話も不得意としているのに気付いて思った。見ていて心配になって、そわそわした。

「その、お兄様も大変美しい人であるとは、噂で……聞いていましたわ」

噂、と口にした途端、ジョセフィーヌの表情が変わった。

柔らかな風が、会話の途切れた二人の間を流れて行った。それはリリーナの蜂蜜色の長い髪を揺らして、彼女達のふんわりとしたスカート部分も撫でて行った。

「どうしたのジョセフィーヌ様？　なんだか、とても胸が痛そうな表情だわ。何か心配事でもあるの？」

リリーナが、彼女の深刻そうな表情に気付いて尋ねた。

出会ったばかりだというのに、心から思い遣って心配している。その対応にマリアは胸が打たれた。幼い頃から彼女をずっと見ていたから、じーんっと感動してしまった。

「ああ。リリーナ様も、大きくなっていっているんだなぁ」

「マリアさん、口調にお気を付けください。お嬢様、良きご成長をされて」

当家の執事長であるフォレスも感動し、つい、といった様子で目頭を押さえて空を見上げている。

「じ、実は、リリーナ様に、お伝えしなければならない事が」

ややあってから、ジョセフィーヌが口を開いた。

喉がカラカラに渇いているように言葉を詰まらせる。彼女が緊張を呑み込む音が、こちらにまで聞こえてくるようだった。

「これから社交界へ出るようになれば、お、恐らくは、私の噂も、どこかで聞くと思います。私、それが知られて、……今の空気がなくなってしまうのが、怖くて」

心から打ち解けたい。だから、その人に隠したままでいたくない。

マリアは、彼女を見つめて分かった。ああ、彼女は自ら告白するつもりなのだ。それくらいに覚悟を持って、彼女は正面からリリーナにぶつかっているのだ。

彼女に好ましさを覚えて、応援したい気持ちが込み上げた。

――それは、自分《オブライト》もそうだったからよく分かった。

「噂？　面白くされている作り話も多いとは聞くけれど」

「いえ、リリーナ様。私の場合は元が〝事実〟なのです。私には、少しだけ、あまり歓迎されないような秘密が……」

もう目も上げられず、ジョセフィーヌは俯き震えている。緊張で喉が強張って、言葉は途切れ途切れになり始めてしまっていた。

「秘密？」

リリーナが、全く予想外の言葉だと言わんばかりに小首を傾げる。

ああ、可愛い。一瞬、マリアは本気で癒されてしまった。それを正面から見つめたジョセフィーヌも、一時状況を忘れたように「なんて愛らしい」という表情になる。

居合わせている執事長フォレスだけが、真顔だった。

その視線に気付いたのか、ジョセフィーヌがハッとして、わたわたと表情を引き締めてこう続けた。

「その、私、か弱くないのです」

「『か弱くない』？　健康なのは、とてもいい事よ」

「いえ、違うのです。その、私は緊張したり、カッとしてしまうと、力が抑えきれなくなってしまう事もあるというか……。実を言うと、元より、そんじょそこらの令嬢より力が強いのです」

そんじょそこらの令嬢、とマリアは思わず口の中で繰り返した。令嬢の口からは出ないような言葉を聞いて、フォレスも全く同じ反応をしている。

だが、当のジョセフィーヌは至極真剣だった。まるで法廷で裁きを受ける前の被告者のように、十二歳の少女らしくビクビクと小さくなっていた。

リリーナは、よくは分からなかったらしい。そんな彼女を、物事を純心に映す大きな藍色の目で見つめると、少し間を置いて小首を傾げた。

「力が強いって、どれくらい?」

「えっと、リリーナ様なら、軽く持ち上げてしまうくらいには……」

「マリアも、私を持ち上げるくらい平気よ」

そう親愛を込めて教えるリリーナは、とても優しげな笑顔だ。

ジョセフィーヌは、自分が言いたい事が正しく伝わっていないと気付いたようだ。忙しなく手振りを交えて、戸惑いながらこう言った。

「いえ、そうじゃないのです。感情が溢れたり、気持ちがこもった時なんかはとくに、たとえばこのテーブルを持ち上げて〝放り投げる〟なんてのも平気でできるのですっ」

「じゃあ、玄関先にある大きな花瓶も？」

「大きな花瓶もです！」

もう、こうなったら全部白状する！　というような勢いで、ジョセフィーヌが涙目でそう言った。

リリーナが、大きな目を瞬かせた。――直後、ぱぁっと笑顔になった。

「ジョセフィーヌ様は、凄いのね！　私、あんなに大きな花瓶を一人で持ち上げるなんてできないものっ」

「え？　あの、それが普通かと……」

きらきらとした目で褒められたジョセフィーヌは、戸惑ったように勢いを萎める。

あれは、成人男性でも二人でどうにか持ち上げられるくらいに重い。マリアとフォレスは、玄関先で花瓶として使っている当家の大壺を思い出す。

普段から、ギースやマリアも一人で抱えて「洗ってきまーす」とやったりする。しかし普通なら、それは有り得ない光景でもあった。

それをリリーナは、日常的に当たり前のように見ていた。しかも彼女は、それ以上の物をマリア達が一人で移動させるのだって、物心ついた頃から目撃している。

あ、この反応って、そのせいもあるのかもしれない。

マリアは、フォレスと同時に察した表情をした。あの大壺、普通なら業者を使って配置替えをするような物なんですよ、とリリーナに教えた事はない。

「ど、どうして、平気なんですか？　私、場合によっては家具を平気で持ち上げてしまうんですよ？」

「一人でできるなんて、素晴らしいじゃない」

「素晴らしい……？」

いよいよわけが分からなくなってきたぞ、と、ジョセフィーヌは困惑いっぱいの顔になった。

「でも、あの、令嬢としてあるまじき、かもしれないただの馬鹿力――」

「きっと、ジョセフィーヌ様の才能の一つなのね。とっても素敵よ」

「…………『素敵』……本当？　これ、夢じゃない？」

ぶるぶると、ジョセフィーヌが感極まって口を手で押さえている。

一呼吸分置いてから、実感が込み上げてきたらしい。じわじわとその顔を赤くしたかと思うと、途端に内気な姿勢で恥じらい出した。

「す、素敵だなんて、リリーナ様ったら」

その声は、とても愛らしい。テーブルの上に、指先で「の」の字を書いているのを、フォレスが無表情の半眼で眺めながらこう呟いた。

「感情の起伏が激しい方ですね」

「執事長、せめて『感情豊か』と言ってあげては」

マリアは、それ以上のフォローが浮かばなかった。

その時、リリーナが小さな手をパンッと合わせた。可愛らしい仕草で、キラキラと笑みを浮かべている。

「あそこにいるうちの執事長もね、すっごく力持ちなのよ！　一人でソファを持って、位置変えをしたりするの」

そう、すごくいい笑顔で言ってのけた。

その途端、ジョセフィーヌがピタリと静かになった。不穏な闘気が発せられているのを感じて嫌な予感がした直後、彼女がギリィッとこちらを見た。

「私だって、その気になれば、ソファくらい移動できますわ」

ギリギリと歯が噛み合わされている。よほど悔しかったのか、やや涙目だった。

マリアとフォレスは、しばし無言でその様子を見つめていた。これまでの客人にはない反応だったから、そうこられるとは思ってもいなかった。

「……執事長。どうやらソファを移動できる事を不思議がられるどころか、ライバル心を抱かれたみたいです」

「まさかそこで張り合われるとは。予想外のとばっちりですね。ジェラシーを抱かれる理由が分かりません」

小さな声でやりとりしていたら、続いてジョセフィーヌの目が、マリアを見た。

高齢の執事に好感度で負けて悔しい。もっとリリーナと仲良くなりたい……彼女の涙目は、隠しもしない豊かな感情のままその想いを訴えてくる。

――協力してくださいますわよね。

彼女の雰囲気が、不意に悔しさのピークを超えて切れたかのように変わった。必死な眼差しが、そんな言葉を伝えてきて、マリアはなんだか嫌な予感がした。

それを見守っていたフォレスが、隣からこっそり言う。

「内気かと思ったら、ああ見えて行動力のあるお方のようですね」

「待てができない、と執事長はおっしゃりたいんでしょう」

その時、ジョセフィーヌが勢いよくリリーナへ向き直った。目をぱちくりとさせた彼女の前で背筋をしゃんと伸ばすと、引き締まった表情でこう言ってのけた。

「リリーナ様っ、私と王都の町をお散歩してスイーツでも食べませんか！　勿論っ、マリアさんという〝監視付き〟で構いません！　女の子同士でお出掛けしたいです！！」

いきなり巻き込まれた。

マリアは、突然のジョセフィーヌの行動に「えぇぇ」と声がもれた。

「ちょ、待ってください私は――」

「お出掛け？　私とジョセフィーヌ様で、女の子の友達同士？」

「と、――と・も・だ・ち!? はいっ、そうですわその通りです！」

前向きな姿勢で尋ね返したリリーナが、そのままジョセフィーヌと楽しげに話し合い出してしまう。

この顔合わせの席だけではなく、初めての外出にも付き合う事になりそうだ……。もはや決まったも同然と察して、マリアは何も言えなくなってしまった。

「まるでデートに誘うかのようでしたね」

フォレスが、他人事のように感想を述べた。

「…………デートだったら、もっとスマートに誘うと思うんですよ」

思わず目頭を押さえて、マリアの口から吐息がこぼれ落ちた。

十九章　暗殺貴族のフロレンシア・エンクロウ

視界の隅に、ふわりふわりと長い黒髪が揺れている。その歩く動きに合わせて、品のあるスカートが心地良い衣擦れの音を立てているのを、オブライトは聞いていた。

休日の王都は、長閑な青空が広がっている。

隣を歩いているのはテレーサだ。これといって目的はないけれど、こうして時間を合わせて散歩をするというのは、初めての事だった。

『それなら、俺と散歩しようか？』

実は昨日、直前までされていた会話から、自然な流れでそう提案した。

承諾されるかどうかは分からなかった。少しだけ手を取って、案内するよ、と伝えるようにエスコートの仕草をして見せたら、彼女は「うん」と頷いたのだ。

「だって私、王都の事はあまり知らないんですもの」

どこから来ただとかは言わないまま、テレーサはそんな事を口にした。

「昨日も聞いたよ」

「そ、そうだけど、ぼんやりしているから忘れているんじゃないかと思って。だから繰り返して教えてあげただけなのっ」

どうしてか、彼女がちょっとだけムキになって言う。

「あなたなら、女の子が好きそうな美味しい食べ物が置いてあるカフェだとかも、色々と知っているんでしょう？」

「なんか、俺が普段から、女性を連れ慣れているみたいに言われても困るんだが……」

「だって、その――モテるでしょ？」

「モテないよ」

大きな黒い目で窺われ、オブライトは口元に小さな笑みを浮かべる。

「俺は、ちっともモテない」

視線を前に戻し、繰り返しそう言った。

目の前には、休日になると更に人通りの多くなる王都の町中の風景が広がっていた。それを見つめる彼の優しげな目元に、さらりと色素の薄い髪がかかっている。

テレーサが、大きな黒い目をきょとんとさせていた。それから、どこか安心したみたいに少しだけ頬を染めて、こんな事を言い出した。

「あなたが私服だなんて、イメージがなかったわ。てっきり、いつもみたいに軍服かと思ったのに」

「俺だって、休みくらいは私服だよ」

オブライトは、自分よりも低い位置にある彼女の顔を見下ろして、柔らかく微笑んだ。

どうしてかこの時、とても幸せな気持ちがしていた。


―


あの頃と同じ青空の下、王都の町中。

前世の名前はオブライト。生まれ変わって少女の身となったマリアは、そんな当時の光景を少し思い出していた。

あの頃のように、私服姿で歩いているせいもある。

しかも、隣にはオブライトだった頃の自分みたく、紳士らしい身なりをしたロイドの姿もあるのだった。

なんで私、ロイドと私服で歩いているんだろうなぁ……。

本日は、リリーナの〝女の子同士のお出掛け〟の日である。しかし、実に予想外の展開になったと、彼女はここに至るまでの事を思い返した。

※※※

先日、めでたくもジョセフィーヌの〝お散歩案〟が親達に許可された。

顔合をした席でそれを提案されたリリーナは、誘われた事を大層喜んでいた。そしてその時、彼女は一番の友人を呼ぶ事を逆提案していた。

『きっと仲良くなれると思うの！　私も、彼女に会いたいわ』

最近は、第四王子の婚約者として忙しくしていたから、なかなか会えないでいたのだ。それはリリーナ本人の希望でもあったが、元々アーバンド侯爵家側としても〝彼女〟を呼ぶつもりであった。

ジョセフィーヌの方はというと、その提案にとても感激していた。

『わ、私が、二人もの女の子達とお散歩……！　女の子のお友達と、私、うふふきゃっきゃっで歩いてケーキを食べられるの⁉』

……正直、それを耳にしたマリア達使用人組は、哀れさを覚えて言葉を失った。

なんか、ちょっと、可哀そうになった。子供達から改めて提案を聞かされたアーバンド侯爵も、これまでの友達のなさを感じ取ったのか、珍しく作り笑顔で固まっていた。

その沈黙については、ディアン男爵が、詫びと共に終わらせた。

『ご迷惑でなければ、是非』

ディアン男爵は、恐縮しながらも提案を喜んでいた。ジョセフィーヌが〝少々内向的〟で〝お喋りが苦手〟で、茶会デビューをしても交友の付き合いがない事を気にしていたらしい。

アーバンド侯爵の方も、話をして彼を気に入ったようだ。それでは、と彼が快く引き受けた形で、三人の令嬢によるお出掛けの件が進められる事になった。

そうして本日、その当日を迎えた。

王宮でのお勉強会は、午前中のみとなった。午後に一旦帰宅したマリアは、リリーナの身支度中、〝見守り係〟としてメイド服から私服へと着替えさせられた。

「最近はずっとお勉強続きでしたから、リリーナ様にも息抜きをして頂きたいと考えております。年の近い女の子同士、町を楽しんで頂こうかと」

先にマリアの支度が整ったところで、執事長フォレスは注意点やスケジュールについて説明した。

「ご友人同士で出掛けられるとはいえ、お嬢様も、勿論マリアさんが近くで待機している事はご承知です。『その方が安心できる』と笑顔でおっしゃっていました」

「その笑顔、是非見たかった……」

「立ち寄られる場所につきましては、こちらで予約など手配している事は伝えてあります。リリーナ様も、しっかりスケジュールは頭に入れられて『楽しみ！』とテンションマックスです。今回は、あなたの他に、形ばかり護衛を付ける予定でいます。マリアさんはお嬢様達とは別の馬車でお送りしますので、彼女達の〝女子会〟終了後、護衛達と共にリリーナ様達と合流してください」

「執事長、テンションマックスなんて言葉を、どこから引っ張り出してきたんですか。今回のこれ、リリーナ様の初めてのおつかいみたいな感じなの？」

マリアは、真面目な表情で台詞が怪しい彼を見上げた。

「というか、あの、やっぱり執事長がリリーナ様の台詞を真似るとか、ちょっと、いやかなり無理がある――いてっ」

「マリアさん、『いてっ』ではなく『痛い』ですよ。打ち合わせのお時間も考えて、先にフロレンシア嬢が来訪されますので、まずはお出迎えの方をお願い致します」

比較的優しめに拳骨を落とした彼が、ざっとした説明をそこで一旦終了した。

そうして、ジョセフィーヌ令嬢が訪れるよりも一時間前。アーバンド侯爵邸に、伯爵の家紋が入った黒塗り馬車が到着した。

エンクロウ伯爵家。

その家紋は〝黒〟を連想させるような独特なイバラ形をしている。その特注馬車は窓のカーテンまで黒一色という事もあって、威圧感があった。

そこから若い従者の手を借りて降りて来たのは、日差しを知らないような白い肌をした一人の美しい令嬢だった。

瞳は口紅のように赤く、目を引く白い雪のような髪をしていた。それは黒のレースや飾りの多い衣装に映え、まだ十二歳ながら雰囲気はまさに大貴族で、見る者の緊張感を煽る。

「ごきげんよう、お元気にしていらしたかしら」

屋敷の玄関前で待っていたマリアに、彼女が淡々と問いかける。

「はい。リリーナ様からのお手紙にも書いてあったと思いますが、私もリリーナ様も、変わらず元気ですよ」

マリアが、にこっと笑って答えると、リリーナと同じくマリアを〝友人〟認定している彼女が、ほんの少しだけ大人びた微笑みを口元に浮かべた。

彼女は、五大暗殺貴族、エンクロウ伯爵家の末娘、フロレンシアだ。

代々女性が暗殺業の裏当主を務める家であり、彼女は十二歳にして、既に〝次期裏当主〟として大人社会を立ち回って活躍していた。

身体はどこもかしこも細く、剣を得意とする暗殺一家とは思えないほどに華奢だ。そして、彼女はあらゆる毒物に対する耐性を身に付けている。

――その代償として、色素を失ってしまっていた。

瞳や髪や肌の色。それらは異常なほど毒に耐性がある、エンクロウ伯爵家独特のものだった。体臭も八割ほど失われてしまっていると聞く。

それでいて普段から、殺した相手の血の匂いを消すための〝処理〟も行っていた。

マリアは、彼女から、付けたばかりのような薔薇の香水を感じた。もしかして仕事の合間をぬってきてくれたのだろうかと推測して、改めて申し訳なさが込み上げた。

「フロレンシア様、このたびは急きょすみませんでした。あの、旦那様からの知らせで既に察しているとは思いますが、元はと言えば、私のせいで――」

「いいえ。お気になさらないでくださいさい、マリアさん。おかげで、リリーナ様と久し振りに過ごせますわ」

淡々とフロレンシアが答える。

その時、下車を手伝った従者が、彼女へ恭しくハンカチを差し出した。気付いた彼女は受け取ると、「下がりなさい」と冷ややかに命じる。

それを見ていたマリアは、ああ、やっぱり、と思って尋ねた。

「ここへくるまでに〝お仕事〟があったのですね」

「――まぁ、少しだけ。つまらない野暮用ですわ」

新しいハンカチをしまった彼女の、深紅の薔薇のような目が、屋敷の風景へと流し向けられた。

「リリーナ様とお会いするのは、二週間ぶりくらいですわね」

ふぅ、と彼女が冷気のような吐息をこぼした。

そう感じてしまうのは、彼女の銀髪や白い肌から連想される雪のイメージもあるだろう。

けれどマリアは、年齢に相応しい彼女の発言に、くすりと微笑みをもらしていた。

「最後にお会いした時は、他のご友人様達とお庭で過ごされていましたよね」

「彼らは社交デビュー済みですので、外ではよく会うのですけれど。仕事も兼ねておりましたので、先日の招待場所にリリーナ様を誘うわけにもいかなくって」

五大暗殺貴族。アーバンド侯爵家の次席にして、【国王陛下の剣】の一族に仕え、支える第一の柱――エンクロウ伯爵家。

その次期裏当主、フロレンシア・エンクロウ。

リリーナよりたった二歳年上であるだけなのに、彼女はいつ裏当主を継いでもおかしくないほどに日々多忙だ。その直々の来訪である。

「本日は〝エンクロウ伯爵家としてのご参加〟を、本当にありがとうございます」

マリアは、出迎えを任された身としても、そう改めて礼を述べた。

実のところ、彼女はかなりの大物の一人だ。彼女に接する際は、彼女に許された者がまずお目通りを、と決められていた。

五大暗殺貴族ともなると、その物の見方や価値観は、極めて歪んでいる。

彼女達は、簡単に人を殺す。話したくない、邪魔なのだけれど、と感じただけで、ゴミを払うように殺すなんて事も珍しくなかった。

うっかり殺されてしまっても文句は言えない。それが〝裏〟のルールだ。しかし、そういった家に仕える者達には、そもそもうっかりで殺されるような者などいない。

――だが、「攻防の騒がしさがあれば失礼にあたる」というのが〝裏〟に通じる家々にとってのマナーでもあった。

「マリアさん、どうか頭をお上げください。家は関係ございませんわ。わたくしが、リリーナ様のおそばに行きたかったんですの。守る、というのなら尚更ですわ」

凛とした彼女の眼差しが、マリアを見据えた。

「我が一族もまた、【国王陛下の剣】に従いお守りせよ、と教えられてきました。しかし、初めてお会いした日、わたくしは自分自身でリリーナ様を『一生をかけて守っていく』と決めたのです。彼女が結婚で王宮に上がるのであれば、わたくしも参りますわ」

生涯をかけて、守りたい友ができた。

それだけが、彼女を〝普通の女の子〟にしている。

氷のような心を持った暗殺貴族、エンクロウ伯爵家。その中で初めて、次期裏当主である彼女は〝普通の友人〟を持った。

だからマリアにとって、彼女もまた愛らしい一人の女の子だった。見守りたい子供の一人で、リリーナに会いに屋敷にくるたび、揃って甘やかしている。

「マリアさんがご結婚される時は、友人代表でご挨拶させて頂きますわね」

「え、ちょっと待って。いつそんな目標が新たにできたんですか？」

しみじみと思いに耽っていたマリアは、パッと彼女へ意識を戻した。

「確か前は、いつか別荘に招待する、とかそういうのであったような……」

「目標は何個あってもいいのですわ。わたくしにとって、マリアさんは二番目に素敵な友人。あなたが男性だったのなら、即、事実でも作って結婚致しましたのに」

それって、リリーナのそばにいるために、なのだろうか……？

よく呑み込めなかったマリアは、頭に疑問符を浮かべて沈黙する。

君はまだ十二歳のはず……とは思ったのだが、この令嬢ならやりかねない気がして言葉が出ない。今、オブライトじゃなくてよかったな、と少し思ったりした。

すると、フロレンシアが、絹のような美しい銀髪を軽く払った。

「本日の件、リリーナ様のおそばは、わたくしにお任せくださいませ。マリアさんは王宮から寄越される〝第四王子の婚約者のための護衛の方々〟を任せられていると伺っておりますけれど、ひとまずスケジュールについて確認しても？」

本人から改めて今回の件で言葉を頂けたところで、マリアは彼女を屋敷へと迎えた。

一旦、リリーナに気付かれないよう別室へと案内した。

「フロレンシア嬢はおそばから、マリアさんは陰ながら見守りをお願いします」

侍女長エレナに顔を合わせた後、今度はその部屋にて、執事長フォレスも交えて、フロレンシアとの話し合いが行われた。

「今回は女の子同士というお嬢様達のご希望も踏まえまして、サリーについては、いい機会ですからマシューに同行させて、専属の従者としての教育を進める予定でいます」

フォレスが説明していった。

今回、マリアは裏方だ。この〝女子会〟をスムーズに進めるため、いつも執事長がやっているように必要に応じて動き、店の予約なども確認したりする。

「第四王子殿下の婚約者の外出は、王宮に午後からのお休みを伝えてあり既に知られています。不審がられないよう王宮側の応援を受諾しましたので、護衛が派遣されます」

マリアはこの時、ようやく護衛との合流場所を確認した。フォレスが指す地図の上を見て、納得した様子で一つ頷く。

「リリーナ様達が、一番目に見たいと言っていた雑貨店の近くなんですね」

「旦那様と、たまに立ち寄られるお店の一つなんですよ。それを、女の子同士でも見てみたいとのご要望です。ですから、そこをスタート地点と致しました」

開始時刻まで、リリーナ達の待機場所ともなる場所だ。店内には、仕事で近くを通る暗殺部隊の数人が、休憩がてら客に紛れる予定になっているのだという。

　地図で該当箇所を示しながら、フォレスが続ける。

「彼女達が動き出す時間までに、マリアさんは派遣される護衛の方々と合流してください。リリーナ様達はお店で、あなたは少し距離を置いた場所で下車させます。ここです」

「合流地点まで、移動に十分もかからない距離ですね。承知しました」

「マリアさんが下車される場所についても、既に〝護衛の担当責任者〟にも話を通してあります。彼の対応に問題がありましたら、すぐに教えてください」

　何か、その言い方に引っかかりを覚えた。

　マリアは、冷静な顔をしたフォレスに目を戻した。彼は、じっと見つめてくるばかりで、その理由について述べようとしない。

「……………あの、なんか、おつかいをさせる娘に、もし相手の男が紳士な対応をしなかったら、あとでそいつを殴りに行く、と言っているみたいにも聞こえるんですが」

「その通りですが？」

「え」

「何か問題でも？」

　いや、問題でしょう。さすがに執事長が〝殴りに行った〟ら、相手が死ぬ……。

　しれっと返してきた彼に、マリアは唖然とした。というか気のせいだろうか。なんだか彼は、若干、何かを気にくわなそうに思っているみたいだった。

「えっと、どうかしたんですか？」

「いえ、こちらの話です。独り言なので聞き流してくださって結構。後でカレンさんに頼むので多少の気は晴れますが、何故よりによってマリアさんなのかと、私はおじいさん心で思うわけですよ。手がかかる子ほど可愛いものです、それなのに、はぁ」

珍しくフォレスが愚痴を言っている、気がする。

マリアは、いよいよ何を言われているのか分からない。そっと眉まで寄せてしまった彼を前に困惑していたら、フロレンシアがこう言ってきた。

「マリアさんの事ですから大丈夫かと思いますが、それでも護衛の方々は男性。その中に女性一人ですから、もし、チカンでもされそうになった時には、殺しておしまいなさい。わたくしが許可致しますわ」

……軍人として優秀な護衛を殺すメイドって、多分いないよね。

マリアは、口元を引き攣らせて思わず沈黙してしまった。しかし、どちらも〝裏〟を熟知している人間だ。フロレンシアも平静で、執事長フォレスも落ち着いていていた。

やがて、フォレスが小さく頷いた。

「殺してしまうのは些かまずいですが、――まぁ、その時はいいですよ」

「よくないですよ執事長!?　何言ってんですか！　そんなに嫌いな相手でも護衛にくるの

!?」

第四王子の婚約者に王宮から護衛を付ける、という話だったので、この時はてっきり、普段から彼の部屋にいる若い近衛騎士か警備兵あたりだろう。

――と、思っていたのだが。

※※※

下車した場所で、一人目の護衛としてロイドが待っていた。

『行くぞ、付いてこい』

当たり前のように迎えられ、一緒に合流場所に向かっているところである。

回想を終えたマリアは、少しは頭の中の整理がつくどころか、困惑が強まっただけだった。

なんでロイドと私服で歩いているんだ？　確かに、王宮から護衛をとは知らされていたけど……まさか相手が総隊長とか、聞いてないんですけど!?

実に予想外な展開だった。彼はオブライトだった頃、破壊神とも呼ばれていたドSな性格の元少年師団長だ。

それでいて現在は、ファウスト公爵にして銀色騎士団総隊長である。

そんなロイドが、この〝女子会〟の護衛責任者に？

考えるとわけが分からない展開だった。まさか、彼が来るだなんて思ってもいなかったから、心構えもなかったマリアは、戸惑いもあって何も質問できないでいる。

大人になったロイドは、歩くだけで人の目を引くほどに美しい男だ。

黒に近い髪に合わせたのか、上質な外出衣装は、落ち着いた色合いで紳士さを際立たせている。形のいい切れ長の瞳は、芯の強さを宿した深い紺色だ。

——実は以前、体調不良で、彼にソファへ押し倒された事があった。

記憶が飛んでくれたとはいえ、その一件についてはまだ許していない。本音をいうと、そのせいで今のロイドが、あの頃の少年師団長と重ならず、落ち着かなくなる時があったのだ。

あの頃のロイドは、オブライトにとって、いつまでも小さいままの少年だった。

それなのに再会した際、当時の可愛らしい少年時代の雰囲気が、どこにも残されていなくて驚いた。

今の彼は、当たり前のように友人達と同じ場で過ごしていた。部下となった彼らからの報告を遮らずきちんと聞き、真面目な表情で仕事について話したりした。

そんな今のロイドを見て、もうあれから十六年が経ったのかと改めて感じさせられた。

本当にあのロイドなのだろうかと、困惑する部分も少なからずあって——。

「合流場所は伝えてある。それぞれ別件で用があったが、恐らくはモルツとルーカスは、もう来ているだろう」

不意に、そんなロイドの声が耳に入って、マリアはハッと我に返った。

残りの護衛って、モルツとルーカスなのか……しばし、オブライト時代の友人だったメンバーの顔ぶれを思い浮かべた。

思えばルーカスは、ジョセフィーヌの一件の原因である。そして手紙の件で付き合った事を考えれば、ロイドがいるのもおかしくはない、のだろうか……？

それでいてモルツは、ロイドを主人と崇めている下僕である。彼が動くのなら、執事か使用人のごとくそばにいてサポートするだろう。

「リリーナ嬢達が立ち寄るルートは、頭に入っているな？」

「あ、はい。朝に執事長から、しっかり確認しております」

確認したというより、朝は、フロレンシアも含めて段取りを話し合った、といったところだろうか。令嬢達の方は、彼女がうまく誘導してくれる事になっていた。

マリアは、隣を歩くロイドを見上げた。

話しかけてきたというのに、彼はこちらを見ていない。

その横顔は、完全な大人の男のものだった。睨み付けていないでいる表情は、絵になるほど美しい。

再会時は、姿が違ってもロイドなのだとは認識していた。大人になったんだなと少しだけ感慨深く、それがなんだか慣れないな、と思っていた程度だった。

——だが、その違和感がマリアの中で強くなった。

やっぱり見慣れない、という思いが込み上げてきた。正気を失った彼のソファの一件で、自分が知る少年時代にはなかった部分を見せつけられたせいだろうか？

なんだか落ち着かないというか、胸の辺りがそわそわとする。

なんだか自分が変だ。恐らくは、前世の頃から流れた歳月に関して、ロイドの変化だけうまく受け止められていないせいだろうと思われた。

だって、そうでなければ説明が付かない。

あの時、押し倒してこちらを見下ろしてきたロイドの、大人になった色気ある表情が、ずっと小骨のように頭に引っかかって、実のところ忘れられないでいるだなんて——。

そのロイドは、自分から話を振ってきたというのに、こちらの返事に対して何も反応する事なく歩き続けている。

「……えっと、あの……一つ、質問しても？」

間に漂う妙な沈黙に耐えかねて、マリアは意識を切り替えるようにそう尋ねた。

「なんだ」

ロイドはそっけなく答えてきたが、まだこちらを見てこない。

いや、彼は元々、メイドのマリアには興味がないのだ。〝前世の自分《オブライト》〟の事が嫌いで負かしたい相手であったというだけで、女性の好みとしてもマリアは対象外だろう。

子供の自分を相手にするはずなんて、ないもんな。

先日のは、ただの体調不良による〝事故〟だ。思えば、少年だった彼の周りにも、今のマリアとは対照的な〝大人の美女〟が溢れていた。

十六歳になっても女性らしい成長がまだまだな自分を思うと虚しいが、そう考えればよく分からない緊張も薄れた。

「実は、総隊長様に尋ねたい事があるのですけれど。その、どうしてここにいらっしゃるのですか？　えぇと、ハーパーの件も、そろそろ指揮も大詰めで実行間近なんじゃ――」

「言うな」

少し心配になって確認しただけなのに、ハーパーの件を口にした途端、強めに台詞を遮られてしまった。

だって以前、『十日はかけない』『数日内には押さえる』と言っていた。そう考えると、やっぱりロイドがここにいるのはおかしい……すると隣を歩いている彼が言葉を続けてきた。

「アーバンド侯爵から〝護衛を〟と頼まれた」

令嬢達のみの外出なので護衛は必要だ。とくに、今回は、第四王子クリストファーの婚約者であるリリーナも含まれている。

「でも、総隊長様が直々に来る事でしょうか……？」

「ジョセフィーヌ嬢の手紙の一件は、俺も現場にいた身だからな。こっちに回せられる人材は一人いたとはいえ――グイードをサボらせるよりマシだ」

確かに。帰ってきそうにないもんな……。

どうやら進められている毒の件に加え、これから実行されるハーパーの事もあって、本日の件で他に動けそうな人間は、グイード辺りしかいなかったようだ。

だが、もしグイードを呼んでいたとしたら、護衛後に通常業務にすんなり戻ってくれるのか、と問われれば難しい。

それも踏まえると、他の誰よりモルッとロイドの方が、スケジュール調整も可能だったのだろう。ルーカスは王妃専属なので、軍部の忙しさとは関係がない。

なんだ、ロイドも考えているのかと、少し意外に思った。

思い返せば、昔から仕事への責任感は強い男だった。今はすっかり大人になっているのだったと、何度も今の年齢の彼を受け止められないでいる自分を反省する。

「総隊長様、このたびはリリーナ様達のために、護衛をありがとうございます。あまりご無理はされないでくださいね」

ハーパーの件で忙しいのにと思って、柔らかな笑顔でそう労った。

どうしてかロイドが、こちらを見たまま硬直した。ちょうど合流予定の場所に辿り着いていたので、それで足を止めたのかなとマリアは思った。

「あの、な、マリア」

何やら口を開いたり閉じたりを繰り返していた彼が、珍しく戸惑った物言いをした。ぎこちなくて、まるで何か気になっている事でもあるみたいだった。

「この前の、臨時班の件なんだが……」

「臨時班？　ああ、下見の事ですか？」

思い至って口にした。すると彼が、なんだか妙な表情で、らしくなく頭を振ってこう言ってきた。

「いや、違うんだ。それもだが、この前、執務室で――」

その時、よく知った男の無駄に美しい声が、耳に飛び込んできた。

「少し待たせてしまったようですね。申し訳ございません」

そこには、こちらに向かってやってくるモルツとルーカスの姿があった。二人とも品のある私服に身を包んでいて、王国軍が発行している護衛証明のバッヂを付けている。

ロイドがすぐに表情を戻して、モルツに答えた。

「とくに待ってはいない。こちらも、今着いたところだ」

「そうでしたか。例の店の前を通ってみましたが、令嬢達の方も一軒目のその店で、時間が来るまで見て回っているようでした」

報告し終えたモルツが、揃えた手で銀縁眼鏡を押し上げてこちらを向く。

銀色騎士団総隊長補佐、モルツ・モントレー。すらりとした細身の美しい男で、手先は器用で頭の回転も速い。だが、実は王宮一の迷惑なドMである。

その艶やかな青い目にじっと見下ろされて、マリアは訝った。

「なんですか、モルツさん?」

「先に言っておきますが、私はあなたの私服になどに興味はありません」

知ってるよ、お前が関心があるのは私の拳だけだろ。

マリアは、そう心の中で答えながら困り顔でモルツを見ていた。なんでオブライトだった時と同じように気に入られているのか、本気で分からない。

ひとまず、くれてやらんからな、という意思表示を込めて両手を後ろへ隠した。

するとルーカスが、場を和ませるように「ははっ」と笑った。

「それにしても、総隊長と隊長補佐の揃い踏みって、豪華な護衛メンバーだよなぁ。殿下のご婚約者様もいるし、アーバンド侯爵家だから、最上級の敬意的な?」

彼は実質、近衛騎士のトップだ。モルツと違い、ロイドと同じくアーバンド侯爵家の秘密を知っている一人でもある。

とはいえ、今回の件は、元を辿れば彼が原因のようなものである。

呑気に笑って他人事みたいに話す彼を見つめるロイドとマリアの目は、若干物言いたげだった。

顎先に手をやって少し考えていたモルツが、ふと動き出した。先日のラブレター事件の表面上の経緯を聞かされた上での感想を、ズバッとルーカスへ告げる。

「元はといえば、今回余分にできたこの仕事も、あなたのせいでは？」

「おいいいいいい⁉　まるでゴミを見るような目を向けるなよ！　それ、普段俺がお前に向けてるやつだからな⁉」

途端に、ルーカスが当時の泣き虫だった頃を思わせる涙腺の緩さで、ぶわりと涙目になってそう言い返した。

「俺だって分かってるし、だから王妃様にも笑顔で寄越されたのっ」

「お可哀そうに」

「お前、ぜんっぜんそう思ってないだろ⁉　王妃様のところにいた俺が、ロイドに突撃されて『護衛、やれ』って一言告げられて、脅迫されるかのごとくギリギリ首を絞め上げられているのを見て、ただただ羨ましがってただけだろ⁉」

ルーカスが、モルツの胸倉を掴まえて揺らした。涙目で迫られた彼は、珍しく表情を少し変化させて、実に嫌そうな顔をしている。

相変わらず、己の欲望に忠実な男である。残念すぎるというか、最低だなモルツ……とマリアはその当時の現場を想像して思った。

「つまりルーカス様は、総隊長様に命じられて今回の護衛メンバーになった、と……」

「メイドちゃん、同情するなら遠慮しなくていいよ。よそよそしい感じとか、その気遣いが余計にグサッとくるから」

ホロリと呟いたルーカスのそばで、モルツが揃えた指先で眼鏡の位置を戻しながら「彼女の場合、ただ思考が口からもれただけかと」と自身の考察を口にした。

全員が揃ったのを確認し、ロイドがこう言った。

「今回は、完全に裏方の護衛役だ。〝クリストファー殿下のご婚約者様〟の女子会のサポートと、道中の身の安全の確保が任務だ」

改めて話を聞かされたルーカスが、「ふうん」と言う。

「そもそも、ご婚約者様のリリーナ嬢には〝騎士〟がいたろ。女の子みたいな小さい美少年だけど、剣の腕は確かだって近衛騎士隊の方でも噂になってるぜ」

「女の子同士、という事で、今回サリーはお休みですわ」

「そんなんで大丈夫なのか？　今回はリリーナ嬢とジョセフィーヌ嬢と、フロレンシア嬢、十歳から十二歳の令嬢達だけなんだろ？」

「そのために私達が呼ばれたのでは？」

モルツが指摘した。相当な腕のある騎士が選出された事を、彼は言っているのだろう。

とはいえ実のところ、一番そばにいる十二歳の令嬢フロレンシアが、サリー以上の暗殺技術と実績を持っているから全然大丈夫なんですよ……とは言えない。

エンクロウ伯爵は、代々女性が一族の裏当主を引き継ぐ。

それは、暗殺貴族の中ではたびたびある話だった。元貴族の娘だった侍女長エレナも、フロレンシアの家と同じ習わしを持った暗殺貴族だった。

――そこは、もう滅んでしまったけれど。

詳しい経緯をマリアは知らない。ただエレナがどんな覚悟を持って、最終的に乳飲み子だった当時の弟ギースを抱えて、その家を飛び出したのかは分かる気がした。

守りたかった。殺させたくなかった。

彼女には、暗殺貴族として一族の誇りを守り、そうして弟を守ったのだとして〝裏社会からの咎め〟はなかった。

エンクロウ伯爵家も含めて、他の暗殺家系の家々からも、終わらせる事にした覚悟について「お疲れさまでした」と労いの言葉が送られたとは聞く。

『わたくし、そちらの〝エレナ侍女長〟に直接お会いしてみたかったのですわ』

初めてアーバンド侯爵邸を訪れた際、フロレンシアはそう言った。やらなければならない事を彼女はやったのだから、称賛に値し尊敬している、と。

――でも、エレナは、女性一人だけで立ち向かった。

少しだけ、マリアはその状況に思う事があったのだ。

あの時、自分がまだオブライトとして存命していたとしたら。もし、自分がそこにいたとしたのなら、きっと救い出すために突入したはずなのに、と。

「メイドちゃん？　彼女ら、移動しちまうぜ？」

唐突に近くで声がして、マリアはびっくりした。

少し屈んで、こちらを見下ろしているルーカスの姿があった。見開かれたマリアの空色の大きな目に、彼の顔が映っている。

少し進み出していたロイドが、気付いてモルツと共に振り返ってきた。

「どうした。らしくないな」

「あっ、いえ。なんでもございませんわ」

素早く深呼吸してから、マリアはルーカスと共にロイド達の後を追った。

二

場所を移動して、まずリリーナ達は一つ目の予定地である花園に入った。続いて散策がてら近くを歩き、お店の髪飾りなどを見て楽しんでいく。

女の子同士で、随分盛り上がっているようだった。ずっとお喋りを楽しんでいて、〝見守り〟のマリア達の方を気にして見てくる気配もない。

リリーナは、友との久々の交流にずっと笑顔が絶えないでいた。ジョセフィーヌも、これまで見た事がないくらいに活き活きしている。彼女達がつい時間を忘れそうになっても、フロレンシアがそれとなく軌道修正して予定通りのルートを歩かせていた。

彼女はお姉さん的に二人をまとめており、マリア達が心配に思う必要など全くないほどだった。

リリーナが疑問を覚えれば、すぐに察知してしかるべき行動に移す。ジョセフィーヌが会話に困ったりすると、さりげなく助け船を出して会話はずっと円滑だ。

「あの伯爵令嬢、しっかりしてんなぁ」

先日のジョセフィーヌとの一件が強烈だったせいか、こうして見ていると全く問題がなさそうな彼女を前に、ルーカスがぼけぇっとした顔でそう言った。

もう、次期裏当主として動いているからなぁ。

マリアはそんな事を思いつつ、当たり障りのない相槌を打った。

「フロレンシア様は、三人のお兄様の他に、下にも二人の弟がおりますから。それに、知り合って数年、リリーナ様を妹のように見てきた方なのです」

「へぇ。て事は、メイドちゃんも数年の付き合いがあるわけだ」

友人としての付き合いがある、みたいな感じで言葉を投げられてマリアは困った。こちらは使用人なので、普通、そういう言い方はしないと思う。

「なんだよ、なんで妙な顔をして黙ってるんだ？」

「いえ、あの……私はお屋敷の使用人という立場ですので」

「お前の事ですから、茶会の席にも一緒に座ってクッキーを食べたりしていそうです」

同じくリリーナ達の方を見守っていたモルツが、唐突にそう口を挟んできた。

ロイドがこちらを見た。ルーカスが真っ先にモルツの横顔に目を向けて、片手を顔の前で振りながら笑って言った。

「いや、さすがにそれはないだろう。相手は伯爵家の令嬢だぞ」

「コレは、どうも想定外の行動ばかり起こすので」

目をそらしたモルツが、独り言のようにそう言う。細い銀縁眼鏡のガラス部分が、日差しを少し反射してその瞳の鮮やかな青を遮った。

「想定外？　つか、女の子をコレ扱いするなよ。侯爵家のメイドで肝も据わっているだろうけど、さすがにだよな、メイドちゃん。……ん？　メイドちゃん？」

ルーカスが、マリアにも視線をそらされているのに気付いた。

「まさかだよな？　まさか、伯爵令嬢にもクッキーご相伴されちゃってんの⁉」

「…………くれるって言われたから、じゃあ頂きます、って」

「それで堂々と同席してクッキー食べる奴、いる⁉」

お前がこの前、メイドの私にクッキーあげたのも同じ事では？　とマリアは思ったりした。

その時、ロイドが、ふいっと足を進めた。

「彼女達が移動したぞ。仲良くするのもいいが、遅れるな」

なんだか、ピリッとした調子でぴしゃりと言われた。

あくまでも仕事で来ているのだから、そういうところは真面目な彼の機嫌を損ねてしまったのだろう。ルーカスが「怖ぇ」と呟く中、マリアもモルツと共に後に続いた。

水路の上にかかっている小さな橋を渡り、最近できたという可愛らしい形の街灯を眺める。お洒落な通りを散歩し、目に留まった帽子屋に立ち寄って試着。

道中、これといって何も問題はなかった。

三人の令嬢達の〝女子会〟は、うまくいっているようだ。リリーナも、とても楽しそうだった。ジョセフィーヌだけでなく、フロレンシアからも年齢相応の微笑が窺えた。

「次は、カフェか」

街角の時計を確認したロイドが、リリーナ達の方へ目を戻す。

「このペースだと、予定より少し早まりそうだな」

「店の者が手配の確認の件でくる予定になっています。それとも、私が走りましょうか？」

「いや――その必要はなさそうだ」

そう言いながら、ロイドが目を向けた先には、歩く人々の間から小走りで向かってくる男の姿があった。手配していたカフェの者だったようで、気付いたルーカスが手を振って合図した。

「もしかして、ルーカス様がカフェの方は手配されたのですか？」

「王妃様が、たまにお忍びで行かれる店なんだよ」

なるほど。今回のリリーナの件を聞いて、紹介されたってわけか。

マリアは、スイーツが好きだった王妃――カトリーナを思い出した。

彼女の事だから、娘になるかもしれない彼女に純粋に食べて欲しいと思ったのだろう。それくらいに、ケーキが美味しいカフェなのかもしれない。

いつかリリーナが婚約者と二人きりで、そうして彼女とも〝家族〟として食べに行く姿が想像された。その時に、私はどうしているだろうか？

恐らくは、と、ざっくりではあるが予想している事があった。

もし、しばらくリリーナが王宮暮らしになるのだとしたら、私は、あそこへは行かないのではないか、と。

フロレンシアは、リリーナが行くのなら方法を探してでも付いていくという言い方をした。その堂々とした宣言を、マリアは実のところ「凄いな」と思っていた。

こんなにも自分は弱かっただろうかと思えるほどに、臆病になっている事に気付いた。

前世の思い出がたくさん溢れたあそこに、ずっといられる自信が、ない。

自分にとって、とても、とても大切な場所だったから。


『いいか、何があろうと、俺のもとへ帰って来い。必ずだ』

『ふっ、俺を誰だと思っている、この国の王だぞ。未来の平和な国を家臣に、民に、そして友に約束した。その約束を果たす』

『よく戻ったな、オブライト。——おかえり』

国王陛下、アヴェイン。初めてオブライトが剣で誓いを立てた人。玉座で出迎えると、国王モードも取っ払って、そう屈託なく笑いかけてきた。

そんな事を思い出していたら、ルーカスが近付いてきた男に声をかけた。

「急な予約で、すまなかったな」

「いえ、大丈夫ですよ。お店の支度は既に整っております」

やってきた店の男が、柔らかく微笑んで答える。

不機嫌なのか、それとも真面目に仕事に知り組んでいるというだけなのか。ロイドは眉間に小さな皺を寄せた表情で指示を出した。

「少し早目に向かいそうだ。そう店主らにも伝えておいてくれ」

「承知致しました」

男は、王妃がお忍びで来る際と同じように十分な用意が整っていると報告した。きがねなく過ごして頂けるよう、気付かれない範囲内で店で様々な配慮がされているという。入店から滞在中、そして店を出るまでの事をロイドとルーカスが確認する。

「心遣い、感謝する」

「いえ、わたくし共でできる最大のおもてなしを、と日々考えているだけですので。他にも何かありましたら、なんなりとご要望をお申し付けください」

ロイドから感謝された男が、少し照れたようにそう答えた。

店側からの説明と、ロイド達側からの指示説明が終わり、マリアは彼らの代わりにリリーナ達へと集中していた緊張をやや解いた。

その時、やりとりを見ていたモルツが不意に動き出した。

マリアは「なんだ?」と疑問を覚えて、彼の動きを目で追った。この場はロイドとルーカスに任せていたのではなかったのだろうか?

仕事の用を終えたロイドとルーカスの視線を受けながら、モルツが堂々と彼らの前へ出た。細い銀縁眼鏡のツルを、揃えた指先で押し上げると、その店の男に縄を手渡した。

「強めに縛ってください」

そう言われて自然と手を出した男が、掌に乗せられた縄を見た。それから真面目な顔をしているモルツへ目を戻し、きょとんと疑問府を浮かべた表情で首を傾げる。

直後、マリアはモルツをぶん殴って地面に沈めていた。

「いきなり殴ったああああああ⁉」

ルーカスが目を剥いた。男もびっくりしている中、彼女は「この阿呆」と、己の欲望に忠実なドM野郎の顔面を、地面に押し付ける。

「ちょ、え、ロイド。メイドちゃんが、お前の右腕《忠実な下僕》を地面に沈めたぞ⁉」

「よくやった。俺がやるところだった」

ロイドは、キリッとした顔でどこか満足そうに言った。


それからしばらくした後。

休憩用として予約されていたカフェに、リリーナ達が入店した。

外に、マリア達という護衛がいるからという事もあるのだろう。美しい通りがよく見えるようにと、窓際の明るい席へと案内されていた。

先に確認と指示をしておいたおかげもあって、彼女達はスムーズにケーキと紅茶を楽しみ出した。

こちらからだと、テーブルの上の様子は細かく確認できない。パッと見た感じの色取りが華やかで、切り分けられたお洒落なケーキが多く並んでいるのは分かった。

リリーナ達は、楽しげにお喋りしながら、小さく切ったケーキを口に運んでいる。

すっかり打ち解けていて、三人揃って何を随分話し込んでいるのか気になるところだ。

女性の会話を盗み聞こうとは思わないので、そう思うだけだけれど。

「気に入って頂けたようで良かったですね」

向かいの建物の陰から、一緒になってそちらを覗き込んでいるモルツが、興味がなさそうな口調でそう言った。

「しばらくは楽しんで頂けそうです」

「休憩のためのカフェプランだとは聞いたが、こっちもしばし待機、か」

ロイドが、この後のスケジュールを考えるように口を閉じる。

と、不意に、ふわっとした白いクリームが載ったケーキを食べたジョセフィーヌが、手を伸ばしたフロレンシアに口角を触れられて、ボフンッと顔を真っ赤にする。

多分、クリームが付いいたんだろうなぁ。

マリアは、まるで異性にされたがごとく赤面して、感激に震えているジョセフィーヌを見て思った。どれほど交友経験がなかった子なのだろう、と、ちょっと心配になる。

フロレンシアは女性的でいて、紳士的な十二歳の令嬢でもある。

続いて彼女が、リリーナに自分のケーキを一切れすくって差し出した。味見をしないかと提案しているのだろう。

リリーナが、素直に口を開けて嬉しそうにパクンッとする。それを「おぉっ」と輝く目で見ていたジョセフィーヌをなんと思ったのか、フロレンシアが彼女にもスマートに一口食べさせた。

途端に、ジョセフィーヌが何やら歓喜で悶えていた。きゃっきゃっ騒ぎながら交流をしている様子は、ガラス越しでもその愛らしさが伝わってくるようだった。

それを眺めていたルーカスが、こう呟いた。

「女の子同士だと、花があっていいよなぁ」

――私も正直、そっちに行きたかった。

マリアは、男達の中にいる現状と比較して真面目に思った。するとモルツが、タイミングを合わせたかのようにこちらを見てきた。

「あなたは無理なのでは？」

「心を読まないでくれますかモルツさん？」

気のせいか、オブライトだった頃も、よくこんな会話をしていた気がする。

見つめ返したら、相変わらず何を考えているのか分からないモルツの無表情があった。じーっと見つめられてしまい、なんとなく先に目をそらすのも癪で、マリアもなんだよと彼を見ていた。

その時、ガシリと頭を鷲掴みにされて、モルツから目線が離された。

「お前ら、ずっと見つめ合ってんなよ、あ？」

そこには、にーっこりと笑顔で切れているロイドがいた。眩むような美貌を持っているから、外向けの完璧な作り笑いはキラキラとしていて威力二割増しだった。

モルツが無表情のまま、一体何故、と思う顔で眼鏡の位置を戻す。少し乱れてしまった頭を整え直しながら、マリアの頭も疑問符でいっぱいだった。

こいつ、いきなり何機嫌が悪くなってんだ？

考えてもよく分からない。やっぱり、こいつの事はよく分からんというか苦手だ……そう思いながら頭から手を離した時、ロイドの笑顔があやしげに変わった。

「仲がいいようで、何よりだ。臨時班でも、さぞかしニールとも仲良しだったんだろうな」

なんで、ここで臨時班の話が出てくんの？

尋問するみたいに見下ろされて、マリアはたじろいだ。

「いえ、別に――」

そう答えかけた時、不意打ちのようにずいっと覗き込まれた。真意を問うように、彼の紺色の目が強くマリアを見据えてくる。

誰よりも力強い、十六年前、まだ少年だった頃と変わらないその眼差しに射抜かれた。

それはオブライトだった頃、低い位置から自分を見上げていたのと同じ瞳の色だった。

それなのに今、目の前にいる彼はまるで別人に見えて。

どうしてか途端に、言葉が何も出てこなくなった。

まただ。ロイドだと分かっているのに、当時みたいにうまく話ができない。

心の奥まで見透かされるような強い目を、美しいと思った。それでいて胸が緊張するのを感じるのに、その小さなドキドキする自分の音を聞きながらも、そんな彼から目がそらせない。

「この後は芸術鑑賞だな」

ルーカスが、途切れた会話を不思議がりつつそう言った。

「しばらくリリーナ嬢達は動かないだろうし、今のうちに、チケットがちゃんと手配されているか確認しに行った方がいいと思う」

普段から、王妃の騎士としてスケジュールもこなし慣れているのだろう。昔は『新人の泣き虫近衛騎士』と呼ばれていたルーカスも、十六年経った今はそれなりに頼もしくなっている。

提案されたロイドが、背を起こして彼を見た。その拍子に視線をそらされたマリアは、ホッとしてしまう。

「そうだな。今、〝彼女達の騎士〟としてはそうするべきだろう。念には念を、だ」

そう答えたロイドの目が、不意にこちらに戻されて、マリアはまたビクッとしてしまった。

「あの、……なんでしょう？」

どうしてか胸の奥がドクドクして、マリアは困惑気味にたじろぐ。

つい、警戒して少し後ろへ寄った。その様子は、事情を知らない者が見れば、大人の男性に気圧されて少し怯えている少女にしか見えない。

ロイドが、どこかもやもやしたような表情をした。またしても何か言おうとする気配を見せた直後、小さく舌打ちして踵を返す。

「モルツ、チケットの確認をしてこい。俺はその次の散策場所を確認してくる。それからルーカス、お前は館内の警備確認だ」

続いて指示を投げられたルーカスが、素直そうな目をパチリとする。

「待てよロイド。ついでにモルツにさせればいいんじゃね？　女の子一人、残していくよりも俺もここにいた方が――」

「ほぉ、彼女と二人きりでここに残りたい、と。誰のおかげでこうなったと思っているんだ」

言い残す事はそれだけか、というニュアンスで地を這うような声が聞こえた。すごく不機嫌そうだ。ロイドから殺気を察知したルーカスが、即「行ってきます！」と叫んで走り出した。

やれやれといった様子で、モルツがその後に続く。この次に控えている予定の芸術鑑賞のため、チケットと館内の警備の確認で二人が同じ方向へ離れていった。

そしてロイドは、彼らとは別方向へと進んで、あっという間に通りの人々の向こうに見えなくなった。

三

踵を返してから、最後までロイドはこちらを振り返らなかった。

そんな彼の姿が見えなくなったところで、マリアは思わず「ふぅ」と吐息をもらしてしまった。

オブライト時代の友人達の中にいたという事で、当時の口調になってしまわないように気を引き締めていたから緊張していた。ようやく一人になれて肩の力が抜ける。

やっぱり、なんだか、距離感をつかみかねる時があるんだよなぁ……。

そう、ロイドの事を考えた。深く考えないのが自分の性分だったのに、「大人になったんだな」「慣れないな」とたびたび考えてしまう。

それは今の姿になったロイドと、あまり話していないせいだろうか？

「……………考えたら、ちっとも成長していないニールの方がおかしいんだ」

マリアは友人達を思い返し、その中でも印象の一つさえ変わらないでいる、超童顔の元部下との再会を思い浮かべた。

今のロイドも、接してみれば案外〝当時のロイド〟のままだったりする。詳細不明のストレスを向けられたり、友人達に対するドSの鬼畜ゲス野郎っぷりは、相変わらず健在だった。

多分、三十代になった今の彼を、自分があまりにも知らないだけなのだろう。オブライトとして出会った当時、彼は十六歳だった。そして前世で最後に見た時も、ロイドは十八歳という若さだったから。

「話し合えば多分、この違和感もなくなってくれるんだろうけど」

マリアは考えながら、深く溜息をもらして、目頭を丹念に揉み解した。

前世の軍人だった当時、プライベートで話した経験はそんなに多くない。ロイド少年は、喧嘩を吹っ掛けてくる時以外は、むっつりと黙っている事が多かったから。

昔、彼と臨時班を組まされた際もそうだった。任務終わりにジーン達が打ち上げに誘っても、苛々した様子で「行かん」と言ってすぐ別れていた。

そう思い出して、彼女は諦め気味に目頭から手を離した。前世の頃よくやっていたように、そのまま姿勢を楽にして頭上に広がる青い空を見上げた。

「昔と違って、今はほとんど話す事もないだろうなぁ……」

今の自分は、メイドのマリアだ。総隊長であり、公爵であるロイドと個人的に話せる機会なんて、ないだろう。

全く別人の少女として生まれ変わった今の自分が、あの頃と変わらずジーンと交流し、友人達と会っているという状況の方がおかしいのだ。

とはいえ今の状況も、イレギュラーな理由があっての事だった。

彼らが追っているガーウィン卿が、自分の過去と無関係ではないと知った。そうして少しだけでも協力させて欲しいと、協力期間を伸ばしてもらったにすぎない。

だからいつかは、レイモンド達と話す機会だって、なくなってしまうのだろう。

「――昔は、考えている事が全然分からない、というわけでも、なかったのにな」

知らず知らず、ポツリと呟いた。

当時のロイド少年は、むっつりとしていても表情の変化が分かった。不満だったり、怒っていたり、素直に喜べていなかったり、子供らしく拗ねているだけだったり……。

でも今のロイドは、何を考えているのか分からない表情や眼差しをする。

そこには一体どんな感情があるのか、今のマリアには察知できないでいた。一体何を考えているのだろう、と、知らない人間に対するような戸惑いを覚えている。

「…………意外と可愛いところがあるなぁ、とか、思っていたんだけどな」

オブライトにとって、彼は王宮の軍区にひょっこり一人現れた〝子供〟だった。

あの頃、たまに見られた彼の子供らしい部分は、もう見られないんだなぁ……そう思ったら、どうしてかマリアは気持ちが沈むのを感じた。

出会ったばかりの頃よりも、ロイドが遠くなったような気がする。

元々、しょっちゅう抜刀されるくらいには毛嫌いされていた。でも、「遠いなぁ」と口にしてみたら、少し寂しさのようなモノに胸がきゅっと締め付けられた。

ふと、別の客が退店していったのに気付いた。

ハタと時間感覚が戻って、マリアはそちらへと目を戻した。店内ではリリーナ達が、まだ十歳から十二歳の幼さを漂わせて笑い合っている。

いかん、〝護衛〟任務に集中しないと。

マリアはもう一度、今度は強めに目頭を押さえてぐりぐりとした。なんで、こんなにもロイドの事ばかり考えてしまうのか分からない。

彼の事について思案したら、何故だか胸がズキズキする。それなのに、こうやってわけも分からないまま考え込んでいるだなんて、自分の性分ではないはずなのに。

「目を痛めてしまいますよ」

不意に手を取られて、ハッとした。

振り返ると、そこにはモルツがいた。かけられた言葉もこちらを窺ってくる姿勢も、当時オブライトとして見た光景に重なって、マリアは空色の目を見開く。

「あ……その、モルツさん。戻りが早かったのですね」

一瞬、あの頃かと錯覚しそうになって胸がドクドクした。ようやくそう切り出したら、彼がマリアの手が緊張に強張っているのに気付いて離した。

「失礼。知り合いに似ていたもので、つい手を取ってしまいました」

「いえ、大丈夫ですわ。痛めたところもありませんし」

女の子らしい台詞をと考えて、マリアはどうにかそう言った。

モルツが、眼鏡越しに鮮やかな青い目で、やけにじーっと見つめてくる。なんだか気まずさを覚えて、ぎこちない愛想笑いで視線を逃がしてしまう。

その時、騒がしい足音が聞こえてきたので、なんだろうと目を向けてみると、人々の間をルーカスが猛ダッシュで駆けてくるのが見えた。

「この野郎！　猛スピードで置いていく奴がいるかバカヤローっ！」

涙目だった。そういえば同じ国立芸術館に立ち寄っていたはずだが、どうやらモルツは彼を置いて、さっさとここへ戻って来たらしい。

「俺が出てきたのを見て猛ダッシュするとか、お前っ、そんなに俺の事が嫌いなの⁉」

「一緒に戻る、というのを想像できませんでした」

「しれっと何言っちゃってんのおおおお⁉　建物の壁とか屋根を蹴って、ぐんぐん進んでいくとか人間じゃねぇよ！」

いつもの事だよ、こいつやたら強靱な身体をしているんだ。

マリアは、そうやってストーキングされた前世《かこ》を思い返して遠い目をした。こいつらもこいつらで、昔から仲がいいのか悪いのか分からんな、と呆れつつ首を捻る。

「しかもお前、途中で『止まれ』って俺の声、聞こえてチラリとこっち見ただろ⁉　それなのにシカトしてスピードアップするとか、マジひでぇ――ふげッ」

向かいで騒いでいたルーカスが、後ろから蹴られて地面に沈んだ。

「うるさいぞ、ルーカスの分際で」

そこに現われたのは、ロイドだった。護衛として来ているというのに、周りから視線を集めている状況にやや切れ気味だった。

「その言い方もひでぇ！　軍歴はそっちが長いとはいえ、俺の方が年上なのにっ」

ロイドが、イラッとした様子で眉間に皺を刻む。

「お前、今は俺が一番の上司だという事を忘れるなよ」

当時、ルーカスは新人の近衛騎士で、ロイドは師団長だった。しかし、それでもタメ口だったなぁとマリアは思い出した。

『だってちっせぇし幼いんだもん！』

初対面のロイド少年を前に、彼は素直な目で真っすぐそう言い放っていた。その一言を聞いた時、オブライト達は「素直って怖いな」とみんなして思ったものだ。

そういえば、あれからというもの、ルーカスに対するロイドの当たりは強い。

「うーん。……自業自得？」

「メイドちゃん、平然と追い打ちをかけないでくれない⁉」

ぶわっとルーカスが涙目になった。モルツが「また思考を口に出しているだけかと」と言ってから、ふと店へ目を向けた。

「そろそろ動くようですね。予定より、少し早い移動でしょうか」

リリーナ達が、店の者達に見送られて外に出てくる。

入店したのが早かったのだ。これくらいは誤差の範囲だろう。ここにくるまでを思い返せば、護衛として出動する事もなく、とても平和的だ。

「このまま何もなさそうだな」

時刻を懐中時計で確認したロイドが、それをパチンっと閉めて歩き出した。

マリア達は、距離をあけてリリーナ達の後を付いていった。

これから散策がてら、やや大周りで国立芸術館へと向かう。三人は手を握ったりするくらいに仲良くなっていて、気軽に顔を寄せて耳打ちし笑い合う光景も見られた。

「ジョセフィーヌ嬢も、落ち着いてんなぁ。はは、こうして見ると、普通の女の子みたいだ」

「ルーカス様。ジョセフィーヌ様は、元より普通の女の子ですわよ」

マリアは、半笑いでそう指摘してやった。

とはいえ、楽しそうなのは何よりだ。ここずっと王宮での勉強会が続いていたから、こうしてリリーナが友人と楽しむ光景を見るのも久し振りで、嬉しく思った。

リリーナ達が、大通りを右手へと曲がった。

ロイドとモルツ、そしてルーカスも続く。同じように進んだマリアは、ふっと目の前に開けた光景に目を奪われた。

「あ……ここって」

この道、祝日に、初めてテレーサと歩いた場所だ……。

直前までリリーナ達に気を取られて、思い出すのが遅れていたのだ。途端に懐かしさと様々な感情が胸を貫いていって、マリアは思い出に引きずられた。

つい、あの頃とあまり変わりない通りの様子に見入ってしまった。二人で並んで歩いた歩道、ちょっと休憩しようとその前で立ち止まった建物、一緒に眺めた小物店――。

彼女が「綺麗ね」と言っていた花屋は、鉢植えがあった出窓が閉められ帽子屋に変わっていた。あの時自分は、微笑《オブラート》むその横顔を見下ろしていたのだ。

「メイドちゃんボサッとしてんな！」

気がそれた一瞬後、不意にルーカスの警戒する声が聞こえてハッとした。

咄嗟に走り出して目を向けると、通りの騒ぎがパッと目に飛び込んできた。ルーカスが今度は、ロイド達も含めた皆に告げるように、向こうを指して叫んだ。

「あいつら、真っすぐ婚約者様の方向だぞ！　走れ！」

そこには、人目も憚《はばか》らずに大きな刃物を持って、通りの人々を散らし駆けてくる男達の姿があった。年齢は三十代といったところだろうか。顔の下辺りに、雑に布を巻き付けている。

その向かう先には、リリーナ達がいた。

気付いた彼女達が振り返るのを見て、どくんっと心臓がはねた。マリアは一層、力を込めて走り出した。

「一体何事なんでしょうね、唐突過ぎてちょっと『ざけんな』って感じですわ」

「お前、不敵な笑みになっていますが大丈夫ですか？　敬語も変になっていますよ」

こちらの癒しの光景を奪ったのだ。マリアは怒っていた。それでいて同時に、いきなりの事に焦ってもいた。

このまま突っ込まれたら、あの男達がフロレンシアに皆殺しにされてしまう。

彼女の場合、殺すまでの判断が半ば反射的だ。どうにか、その状況は回避しなければならないと考えていると、隣のモルッが冷静に推測を口にしてきた。

「日中堂々の強盗類の犯行なのか、それとも第四王子殿下の婚約者を狙っているのか」

「真っすぐ走っているって事は、確実に狙いは定めてるだろうッ」

言い返すルーカスの声を聞いて、走りながらロイドが「確かにな」と思案気に相槌を打つ。

その時マリアは、「あ」と気付いた。刃物を持った男達が、真っすぐリリーナを目掛けて走っているという状況から、一つの可能性が浮かぶ。

「もしかして、この前と同じ出処だったりするのかも……？」

思い返せば、彼女の見合い中にも屋敷に侵入者があった。何人かは生かして地下室に放り込んでおいたが、その後は〝執事長〟や〝料理長〟らが対応していた。

一介の戦闘使用人であるマリアは、詳細をまだ知らされていないでいる。だが婚約者というリリーナの立場を考えると、関連している可能性はゼロではないかもしれない。

そう考えていると、ロイドが「おい」と呼んできた。

「何か覚えがあるのか？」

「あ。いえ、実は以前、殿下とのお見合いが行われた際、屋敷に奇襲をかけてきた者が数組おりまして――」

言いながら思い返していた。来訪していた第四王子一行に気付かせないまま、戦闘使用人達だけで〝駆除〟したのだ。

マリアは、ほんの僅かな間を置いた後、空色の目を前に戻してこう言った。

「――追い払いましたけれど」

必要だったからだろう。それ以上は何もなかったと、スマートに嘘が吐けた。

走る自分の長い髪が、背中と尻に当たるのを足音と共に聞いていた。頭の上のリボンが、マリアの走りに合わせて揺れている。

ふっ、とルーカスの方から、苦笑するような吐息がもれるのが耳に入った。

「あんた、嘘が下手だなぁ」


『あんた、嘘が下手なんだなぁ』


不意に、言われた言葉が前世の記憶に重なった。でも、いつ、どういう状況で彼にそう言われたのだったか、思い出せない。

恐らくは、マリアが戦闘使用人であると知っているから、そう言っているのだろう。

だが、ふと、彼女は遅れて背筋が冷えた。彼が察しているくらいだから、もしかしたらモルツにも違和感を抱かれてしまっているのかも……？

そうだとすると、少しまずい。彼はアーバンド侯爵家の秘密を教えられていない。ロイドもモルツには、その事を気付かせないようにしているのだ。

恐る恐る目を向けてみると、彼がこちらを見てきた。

「なんです？　今は遅れず走るべきですよ」

眼鏡の横を揃えた手で押し上げ、秀麗な眉を僅かに寄せる。

気のせいか、なんだかはぐらかされたような気もした。

しかし、元からあまり他人に興味を抱かない男だった。そうすると、彼にとって〝マリア〟は、とくに何も知りたいと思っていない〝ただのメイド〟にすぎないのか。

だとすると、問題はなさそうだ。マリアはひとまずそう結論を出すと、意識を目の前へと切り替えてロイドにそれとなく言った。

「総隊長様、生け捕りで情報を聞き出せたら〝報告〟をお願いしてもいいですか？」

「当然だ。そちらに関係があるとしたら、報告案件だろう」

答えたロイドが、さっと目を戻して〝部下達〟に告げた。

「速やかに収束させろ」

「承知致しました、総隊長」

「了解！　任せとけ！」

ルーカスが言うなり、ぐんっと加速して前に出た。

通りの人達が、パニック状態になって逃げ惑っている。戸惑うリリーナと慌てているジョセフィーヌのそばで、フロレンシアが手を引いて誘導しようとしていた。

「王妃様の未来の娘に、ナメた真似しやがって」

一番近くにいた男を、まず一人、ルーカスが手際よく取り押さえた。もう一人の男の後ろ襟をロイドがむんずと掴み、持ち前の馬鹿力で後ろに放り投げた。

「モルッ！」

「分かっております。雑魚はお任せを」

そのまま走るロイドのそばから、モルッが素早く飛び出して、近くの男達を抑えにかかった。そのそばを、マリアとロイドが駆け抜ける。

その時、リリーナ達の方から、ぶわりと不穏な闘気が発せられるのを感じた。

ピリッと空気が張り詰めるのを察知した瞬間、マリア達四人は、軍人として反射的に「え」と揃ってそちらに目を走らせた。

そこには、リリーナとフロレンシアを庇うように立った、ジョセフィーヌの姿があった。

「わ、私がっ、リリーナ様を守るの！」

向かってくる男達を、彼女が涙目でギッと睨み付ける。身体の奥底から馬鹿力を引き上げているのか、開いて踏み締められた足元で地面がバキリと凹む。

直後、ジョセフィーヌが店先にあった商品棚を、がしっと両手で掴んだ。

「お、お嬢ちゃん一体何をやって、ひぃ⁉」

声をかけた男性店主が、自分の店の商品が収められた鉄製の棚が揺れ出したのを見て、腰を抜かした。

まさか動くとさえ思っていなかったのだろう。それがズズンッと重量感ある音を上げて移動し、続いて地面から浮かび上がると、通りの人々も目を剥いた。

「…………おいおいおい。嘘だろ」

ルーカスが、口角を引き攣らせて呟く。

まるで〝小さなグイード〟だ。昔、彼が町中で同じような事をしていたのが思い出されて、マリア達はひどく疲れたような表情を浮かべてしまった。

ジョセフィーヌが、商品棚を持ち上げた。刃物を持った男達が「なんだ⁉」とうろたえ始める。彼女は涙目で怒鳴った。

「私の、女の子のお友達との初めての外出……！　しかも二人もお友達ができたのにッ、そ・れ・を・邪魔してくれてんじゃないですわああああああ！」

雄叫びと共に、重量級の商品棚が投げ付けられた。

ぶんっ、と放たれた商品棚が、街灯や看板を破壊しながら真っすぐ飛んでいった。相手側だけでなく、周囲からも悲鳴が上がって人々が脱兎のごとく逃げ出す。

その直後、商品棚が襲撃者達に命中し、一際大きな破壊音が上がった。舞い上がった土埃が収まると、そこには地面に倒れ伏した襲撃者達の姿があった。

悲鳴が途絶えた場に、戸惑いと困惑のざわめきが上がり始める。

現場は、より大惨事となったような有様だった。これで良かったのだろうかと、マリア達は複雑な面持ちだ。

「ジョセフィーヌ様、かっこいい」

その時、リリーナが丸くした目をきらきらさせて呟いた。ジョセフィーヌがハッと振り返ると、感激した様子で口を押さえた。

「天使が、そこに……！　またリリーナ様に褒められただなんて嬉しすぎますわ！」

「わたくしも、あなたを見直しましたわ」

「はっ、フロレンシア様⁉」

パタパタ駆け寄ってきたリリーナのそばから、フロレンシアがジョセフィーヌの肩に手を置いた。その美貌を近くから見た彼女が、ドキドキした様子で胸を押さえる。

――いや、君、女性だろう。

前世が男性だったマリアを含め、ロイドやモルツやルーカスといった男性陣はそう思った。

「あなたを、わたくしの次の親友にしてさしあげましてよ。これから、社交界でも仲良くしていきましょう」

「親友⁉　とっても嬉しいですわ！」

「うふふっ、よかったわねジョセフィーヌ様！　私もあなたの親友になるわ！」

「ああああマイ・天使――――――っ！」

感激しすぎて、ジョセフィーヌが全身から歓喜の叫びを上げた。よく分からない事を言っているくらい嬉しいのねと、リリーナとフロレンシアは気にしていない様子だ。

しばしの間を置いて、モルツが細い銀縁眼鏡の横を指先で押し上げた。

「どうやら彼女達の間で、絆が深まったようですよ」

そんなモルツの声を聞いて、マリアは強張っていた肩から最後の緊張を解いた。

「……まぁ、結果的に友情に結び付いたようで何よりですわ」

「絆の代償にしては、デカい損害だがな」

ロイドが、珍しく疲労感を少し漂わせる溜息を吐いた。

「この惨状、後処理を考えると面倒だ……ルーカス、お前の方でやっておけ」

「なんで俺⁉」


そうして、その日のリリーナ達の〝女子会〟は見事大成功した。それからというもの、フロレンシアだけでなく、ジョセフィーヌとの深い交友も始まったのだった。

二十章　それぞれの思惑が交差する午前中の事

その翌日、王都の隣の都市アルゼリア。

そこは莫大な金が動く煌《きら》びやかな遊楽都市の一つだった。夜も眠らない都市と呼ばれており、多くの貴族が毎日お遊びにやってくる。

日中メインの店々も、とうに開き始めて大きな通りも人の賑わいが更に増していた。流れて行く馬車のほとんどは上質で、遊びに来た上流階級の者達の姿も多く見られる。

そんな中、一等地にある巨大なカジノ店上階の奥の部屋で、二人の男がゆったりと寛《くつろ》いだ様子で会っていた。

「今日は随分と愉しそうですね、侯爵？」

金の刺繍がされた赤い一人掛け用ソファに腰を沈めた男が、肘当てに頬杖をついて、室内にいるもう一人の男、同席しているアーバンド侯爵にそう話し掛けた。

男は面長の薄い顔立ちで、日差しを知らないような白い肌をしていた。その目の色は、国内では希少な一級品の紫色の宝石、ヴァイオレットストーンを思わせる。

「昨日は、あなたが狙っているところの男の〝処分口実〟がうまく作れた。それでいて娘さんの散歩も、大変満足な結果だったそうですが、今日はそれ以上に上機嫌ですね」

彼が、含むように言いながら微笑む。細い一重の瞼は動物的で、ふっと笑むだけで特徴的な弧を描いた。

その顔は、まさに狐面である。

年頃は三十代半ばほど。シルクのダークスーツを細身に着こなし、艶のある深い焦げ茶色の長髪を、整髪剤で固めて後ろでひとまとめにしていた。

その髪は、腰まで届く長さだった。フレイヤ王国の男性には滅多にないほどの長髪であり、女性の髪のように艶がある。爪も隙なく手入れされていた。

――が、顔立ちの他に、もう一つ個性的な外見要素があった。

その男の形のいい額には、整髪剤で固めたような前髪が一房だけ垂れていた。弾力を持ったそれは、ゆるやかな線を描いて顎下まで続いている。

「もしや今日、あなたが楽しみにしているご予定が、他に何かおありですか？」

追ってそう声をかけられてようやく、しばし窓の外の風景を眺めていたアノルド・アーバンドが顔を向けた。

先程、彼は男と仕事の話を一段落し終えたところだった。朝にリリーナ達が屋敷を出た後、自らの足で風のように移動してここへ来たのだ。

「ふふっ、気になるかい？」

「あなたがそれだけ楽しみにされているのなら、一体どんな事か気になりますよ」

「実はね、今日、これから王宮の総隊長執務室付近が、ある時間、偶然にも人の通りがなくなるんだ。そこに私のところのメイドが、一人、行く」

「ほぉ。つまりは、あなたが指示して人払いしてある、と」

男が察した様子で、細い眉の片方を引き上げた。

「アーバンド侯爵家の戦闘メイドが、王宮に、ねぇ。なるほど、なるほど」

ふむふむと頷いてから、彼は微笑んだアーバンド侯爵を見てニヤリとする。

「何やら、あなたにとって面白い事が、最近は色々と重なっているようですね。実に活き活きとしていらっしゃる——明日、ようやく〝処分しに行ける男の件〟もあるからですかね？」

「ガネット、君は知っているだろう。私はね、常に忙しく動いていたがる性分なんだよ」

名を呼ばれたその男は、コーティングされた一本の前髪を揺らして「なるほど」と肩を竦めて見せた。

「まっ、あなたが実のところ、待つより行動したくてたまらない〝過激〟なタイプである事は、よく存知てますよ。もう長い付き合いですからね」

狐面のこの男は、フレイヤ王国内の違法な商売を牛耳る最大組織、『ガネット』のボスである。ボスは代々、ガネットの名を引き継ぐ事になっていた。

表向きは、ギャンブル関係を中心に多くの店を経営する〝大企業〟のような組織だ。彼らは古い時代から、アーバンド侯爵家とは良き〝仕事相手〟でもある。

アーバンド侯爵は、本日も仕事用の黒の正装に身を包んでいた。

黒いトレンチコートとハット帽、上品に組まれた足の黒い革靴はよく磨かれている。肘掛けには、金の装飾がされた黒塗りの杖が立てかけられていた。

「明日の件ですが、言われた通り最後の手配はしておきましたよ。あなたが提案したリストにある者達は全員揃うように、そしてそれ以外は誰も来ないように手を回しています」

「ありがとう。皆殺しだからね、当日にそこにいられても選別できない」

アーバンド侯爵は、優しげな眼差しで穏やかに答える。語られた残酷な言葉の内容が、嘘なのではないかと思えるほどだ。

底の見えない恐怖を前に、ガネットは笑った。

「あなたはイカレてる」

頬杖をついて平気でそう言うと、中指に大きな指輪をはめた左手を振り――。

「そして最高の良き仕事相手ですよ、侯爵」

そう満足そうに感想をしめくくると、言葉を続ける。

「あなたには驚かされてばかりです。つい最近も、ウチの支部にいた百五十人を、たった一人で〝一掃〟してしまわれたのには脱帽しました」

「利害の一致だろう？　彼らは結果的に、私の陛下に噛みついた。残念でならないよ」

アーバンド侯爵が、同情するように柔らかく笑う。

一見すると温厚で無害そうな五十代の男だ。ガネットは表情を消すと、その様子をほんの少しの間だけ見つめた。

「――あの時も、あなたはとても愉しそうでしたがね」

これといって興味もなさそうにそう呟くと、頬杖を解いて浅く息を吐いた。

「まぁ、あの件に関しては、私の〝躾〟が足りなかったせいでしょう。本来であれば、私の方で先に殺すべきでしたのに、あなたに要らぬ手間をおかけしてしまいました。お恥ずかしい話です、本当に申し訳ございませんでした」

ガネットは、潰されたグループや人員について再びそう謝った。彼だったら、殺すまでに相応の苦痛と絶望を与えている。それが彼の組織のルールだった。

「気にしなくていいよ。その近くに用もあったから」

「ああ、そういえば、陛下の番犬が本格的に腰を上げて動き出そうとしている、という噂を耳にしましたね。その後、別件でも情報を入手しております。あなたの活動は、確かに精力的になられているご様子だ」

ガネットは、面白そうに薄い愛想笑いを浮かべた。

「ここ最近は、珍しい事に【国王陛下の剣】の血縁者や、それぞれの戦闘使用人達も集まる機会があったと聞きましたが、本当ですか？」

「そうだね。久し振りに家族で顔を合わせたなぁ」

「また、あなたは、そうやってはぐらかすように言うんですから。もしかしたら、先代侯爵まで正式に一時帰国する事になるかもしれない、とも聞きましたよ。あなた方が結集するだなんて、――戦争でも起こすおつもりですか？」

裏の世界では、〝あのアーバンド侯爵家の人間が、ぞろぞろ国内入りし大会議が行われたらしい〟という噂も怖々と囁かれていた。

ガネットが動くはずだった制裁の場に、たまたま通りがかったアーバンド侯爵家の血縁貴族女性が、代わりに相手を始末してしまった、というのは最近騒がれた一件だった。目撃情報から、一体誰であるのかはすぐに分かった。明るい日差しの下で黒い日傘をさした、異国の派手な真紅のドレスに身を包んだ妖艶な貴夫人。

――アノルド・アーバンドの姉、イザベラ。

アノルドとは対照的に、全てにおいて苛烈にして過激な女性だった。暗殺者達から『戦姫』と呼ばれて畏怖と尊敬を集めた彼女は、ある日、悪魔大公と呼ばれる他国の男を見初め、あっさり結婚していったのだ。

「我々が起こしているわけではないよ」

少しの間を置いて、アーバンド侯爵が穏やかな声で答えた。

「ただ、遅いか早いかの違いであって、本当に一掃するというのであれば、戦争も避けられないだろう」

「左様ですね。陛下が敵としている〝その相手方〟は、随分と根が深いようですから」

ガネットは、彼と同じタイミングで、テーブルに置かれていた外国産の紅茶が入ったカップを手に取った。これはガネットの母の故郷の物で、薬草に似た独特の風味を彼は気に入っていた。

「まぁ、いずれはそうなるかと思いますよ。恐らくは避けられない事です。何度かお話し致しましたが、アレらは、我々にとっても悪性の膿みたいなものですから」

そう思案気に言ったガネットは、紅茶で少し喉を潤すと窓へ目を向けた。

「私のような、黒一色の人間からすると、陛下が望むような結果を迎えたいのであれば、争わず血も流さずにして、というのは無理ではないかと。平和主義も結構ですが、いずれは、徹底的にやりあうという選択肢を取らざるを得ない場面がくるのではないか、と私は個人的に思うわけです——侯爵、いかがですか?」

「その日も遠くないのかもしれないねぇ」

ガネットは、「ほぉ?」と薄い唇を引き上げた。アーバンド侯爵が、このようにはぐらかさずに答えてくれるのも珍しい。

「やはり、面白い事になっているようですね。ふふ、いいですねぇ。平和的でない荒っぽい協力については、うちは大歓迎ですよ」

アーバンド侯爵が、子を見るような目で微笑んだ。話の先を促すように見つめ返された彼は、良き理解者であり、良き仕事相手であるガネットに話を続けた。

「オースティア王国は、国王暗殺によって国が北と南に二分した。弟王子の説得も虚しく、脳の足りない兄が、タンジー大国の次の駒の一つとなった」

「なるほど。あそこは一体、どうなったんだろうと思っていましたが、とうとうあの国も二分しましたか」

「反王国軍、つまりは反平和を掲げる新たな独裁国が、二分した国の北に誕生し『フィリッツ王一世』が生まれた。——滅ぼさない限り、もう止められない」

そうだろう? とアーバンド侯爵は問いかける。

ここにきて初めて、その笑みが本来の過激な気性を少し滲ませた。愉快そうな冷ややかな目も、若くて凛々しかった頃と全く変わらない。

「左様ですね」

ガネットは、面白そうに相槌を打つと、形のいい顎に手で触れた。

「それにしても、フィリッツ王一世とは。また随分と強く出ましたねぇ。確か、大殺戮を行った歴史上のとある残虐王の名前だったかと思いますが、はて、どうだったでしょうね。忘れてしまいました」

他人事のように言ったガネットが、そこでちらりと仕事相手を見やる。

「その国については、うちにもまだ情報が入ってきていないのですが、もしやまた〝散歩〟で実際に見にいかれたのですか？」

「私は行っていないよ。旅行がてら『国が割れるさまを観賞したい』と先代が行ってきたんだ。さっき渡したのが、そのお土産の一部だよ」

相変わらず柔和な話し方をするアーバンド侯爵が、ほんわかと微笑んだ。来訪の際、彼から珍しい茶葉を頂いていたガネットは、またしても「なるほど」と一つ頷いた。

「どうりで、今回の手土産の中には、拷問器具もセットで珍しく付いているなと思いました。実に好みドンピシャです」

ガネットは、『殺しとは愉悦である』と公言して憚らない先代を思い返した。

「あなたの姉だけでなく、とんでもない危険人物が国内にいるものですね。侯爵、我々はまた彼の殺人を隠蔽しなければならないのでしょうかね？」

「いや、彼はすぐに出たよ。別国の戦争を見に行った。『負けている方の勢力に紛れて激戦地の空気を吸ってくる』と言っていたよ」

「相変わらず元気なご老人ですね。うちの先代とは大違いです」

ガネットは、変わらぬ冷静な口調で続けて、遠い日の記憶を思い返すような目を、一度窓の方へとそらした。

「――まぁ、うちは先代も、先々代もご存命されておりませんが」

代々、殺しによって地位が継承される組織だ。その事を興味もなく回想しながら、ガネットはそろそろ話もしまいになりそうだと察して、袖口を整え直した。

一

アーバンド侯爵が、ガネットと話していた頃。

リリーナの女子会があった翌日、いつも通りに登城したマリアは、王宮にて悟りを開いた心境でいた。

早朝、侯爵邸でカレンから、マーガレットの胸の大きさが羨ましすぎるという話を聞かされていた。しかし、ここに来て彼女は、やはりこう思うのだ。

なんであれ、幼子の頬には敵うまい、と。

「…………あの、メイド殿、大丈夫ですか？」

「大丈夫です、止まりました」

マリアは血の付いたタオルを片手に、年頃の少女としての恥じらいもなく凛々しげに答えた。衛兵は、反応に困って戸惑いの表情だ。

今、彼女は、奥の宮の医療室の一つにいた。つい先程、リリーナとサリーと共に第四王子の私室に到着した数分後、崩れ落ちたうえ鼻から流血したせいである。

まさかの鼻血という失態を見せてしまったが、後悔はない。

衛兵の困惑した視線の先で、彼女はつい先程の事を思い返した。

※※※

その少し前の事。

マリアは、専属侍従であるサリーと一緒に、リリーナの専属メイドとして第四王子の私室に到着した。

本日も大きなリボンを付けたリリーナは、道中でも大変可愛らしいと注目を集めていた。とてもよく似合う新作のドレスを着ていたせいもあるだろう。

それに加えて昨日、ジョセフィーヌとフロレンシアと過ごせた事もあって上機嫌だった。

「あのね、またお話ししようって約束したのよ！　今度のお休みに、ジョセフィーヌ様が遊びに来るの。とても楽しみだわ」

朝の支度中から、ずっとにこにこしていた。王宮に到着してからも、案内の護衛騎士に笑顔いっぱいで話しかける姿は、見る者達を悶絶させていた。

彼女が今日着ている新作のドレスは、秋先に咲く薄桃色の季節花がイメージされたフリルたっぷりの可愛らしいものだ。そこには控えめに花柄の刺繍が入れられており、リリーナの蜂蜜色の髪に、とてもよく似合っていた。

私室で待っていた十歳の第四王子、クリストファーは、そんな彼女を見て頬をほんの少し赤くした。

「と、とっても似合っているよ、リリー」

「ありがとう。クリスも、とても素敵だわ」

愛称で呼び合った二人が、部屋の真ん中でポッと頬を染めて口を閉じる。

もうその時点で、マリアは色々と限界を迎えそうだった。隊長達に室内を任せられた近衛騎士達も、部屋の入口の警備兵達も一生懸命口をつぐんで変な表情になっていた。メイド達も両手で口を押さえてぷるぷるしている。

クリストファーは、彼の柔らかな金髪と同じ色の刺繍と装飾が施されたジャケットを着ていた。その腰部分には、リリーナとお揃いのリボンをしている。

顔を合わせた二人は、そこでようやく互いのリボンを見た。

その途端、リリーナとクリストファーが、直前までのそわそわとした恥じらいを忘れたかのように、溢れる嬉しさでキラキラと目を輝かせた。

実は本日の〝お揃いのリボン〟は、先日にマリアとヴァンレットが宰相ベルアーノの部屋に行って手配を頼んだ、王族側で用意された物だった。

リボンは、上質な絹のような鮮やかな水色だ。

光があたる角度によって、澄んだ空色になる加工がされている。その縁取りには本物の金粉が織り込まれ、あまり強く主張しない程度に、金と藍色の刺繍模様がされていた。

これまでは、アーバンド侯爵側から贈られたリボンを付けていた。先日にリボンがようやく仕上がったと連絡があり、それが両家に届けられたのが昨日の事である。

「クリスっ、素敵なリボンをありがとう！　デザインで協力したのでしょう？　この水色、マリアの瞳の色だとすぐに気付いたのよ」

「僕の方こそ『ありがとう』だよリリー！　そんなに喜んでもらえて、優しいマリアさんと、そして君とまたお揃いなのがとても嬉しい！」

リリーナとクリストファーは、互いの手を取って喜んでいた。それはとても微笑ましい光景で、見ていたマリア達は表情を綻ばせた。

――だが、その収まらない喜びが、朝一番の騒ぎへと繋がる。

喜び合っていた幼い二人が、唐突にパッとこちらを振り返ってきた。嬉しさを隠しきれないくりくりとした瞳で、マリアを真っすぐに見つめる。

「へ？　あの、私に何か……？」

いきなり視線を寄越されて戸惑った。

すると、二人がこう言いながらパタパタと駆け寄ってきた。

「マリア、三人でお揃いよ！」

「お揃いだね！」

リリーナの影響でもあるのか、クリストファーに〝信頼できる少し年上のお姉さん〟と認定されているらしいとは察していた。

ずっと続いている三人お揃いのリボンも、すっかり気に入られている。ここまで懐かれてしまったら、更にまた一層可愛く見えてしまうというもので――。

美少女な天使に加えて、女の子みたいな金髪の天使が、自分の名前を呼んで向かってくるとか、最高過ぎる。

マリアは、目の前まで来てくれた小さな二人に感激した。

ひとまずはこの場を、全精神力で乗り切ろうと決意した。抱き締めたくてたまらない手をしっかりスカートの前に押さえ付け、にこっとした微笑をキープする。

自分には、オブライト時代に鍛えられた鋼の精神力があるのだ。きっと大丈夫。ここは爽やかに笑って過ごせばオーケーだ。

「私も、お二人と同じリボンができて光栄です」

「マリアも朝、リボンを喜んでいたものね！　朝の支度で忙しい中で、何度も見せてって頼んでしまってごめんなさい」

「いえ、私的にはすごく嬉しいサプライズでした」

「サプライズ？」

「僕もマリアさんのリボン見たい！」

クリストファーがそう口にすると、リリーナも一緒になって「リボンをもっとよく見せて」とせがんできた。

マリアは「はい」と騎士然とした笑顔で答えて腰を屈めた。

二人の子供が、自分のリボンを色々な角度から眺めて触ったりしてくる。その体温やいい匂いを感じる距離感に、大変幸せな気分に包まれた。

ああ、このまま二人のそばにいて、めちゃくちゃに甘やかしてしまってはダメだろうか。

――と、思ったその時。

「ふふっ、マリアだーい好き！」

「僕もマリアさん好きーっ」

それは完全な不意打ちだった。リリーナとクリストファーが、両側から抱き付いてきたのである。

「え……？」

さすがに、マリアもこの展開は想定していなかった。

ぎゅっと抱き付いた二人が、ぐりぐりと擦り付けてくる柔らかなほっぺたを、両方の頬に感じていた。幼い手が、力も弱いのに一生懸命、自分を抱き締めていて――。

次の瞬間、マリアは床に膝から崩れ落ちた。

幸せを噛み締めている最中にも、押さえた鼻からは血が流れてしまっていた。びっくりしたリリーナ達の対応はサリーがこなし、そうしてマリアは、衛兵に付き添われて医療室へ運ばれたのだった。

※※※

あの時の感触は忘れるまい。

鼻血を綺麗に拭ったマリアは、そこで回想を終えてそう思った。頬擦りしてみたいとは妄想していたが、まさか、叶う日がくるとは思ってもいなかった。

しかも、天使が二人とか贅沢過ぎる。十歳の二人がはしゃいでいた様子は、瞬きもせず見守っていたから網膜に焼き付いている。

「一ヶ月分は癒された、今ならなんだって寛大な気持ちで受け入れられる気がする……！」

「あの、メイド殿？　いきなりガッツポーズをされて、どうされました？」

様子を見守っていた衛兵が、戸惑いを増してそう問いかけた。

回想に浸って、付き添ってくれていた衛兵の存在を忘れていた。マリアは真顔で「しまったな」と思ってから、キラキラと爽やかな笑みを浮かべてみせた。

「なんでもございませんわ」

衛兵が、マリアの笑顔に圧力を感じた様子で、ぎこちなく笑い返してきた。

世話になったその衛兵に、颯爽と別れを告げて医療室を出る。

マリアはご機嫌で、足取りも軽やかだった。メイド衣装の膝丈のスカートを大きく揺らしながら、王族の私室がある奥の宮を出て公共区を進む。

「あのメイドの子供、一人で楽しそうだな……？」

鼻歌を歌いながら歩く姿に、周りの者達が囁く。レース入りのやや大きなリボンを付けた数人の美少年が、口元を押さえて柱の影から熱い視線を送ってもいた。

だが、最高潮の気分だった彼女は、そのどれにも気付かなかった。

頭に付けられている大きなリボンを揺らし、マリアは呑気な笑顔を浮かべ、離れの薬学研究棟へと向かった。

二

第四王子クリストファーのもとに、婚約者であるリリーナが無事に到着したとの報告を受けてから、少しすぎた頃――。

宰相ベルアーノが、自身の執務室にある応接席のテーブルに突っ伏していた。ソファに座る彼は、全く休憩など取れていない様子で、右手はペンを固く握り締めたまだ。左手は、胃の辺りを服の上から押さえている。

そのテーブルの上には、書斎机に収まらない書類が移動されていた。二組分の珈琲が置かれていて、ベルアーノは珍しくプライベート時の格好で、その書類に額を押し当てている状況だった。

年齢は五十代。やや量と張りがなくなりかけた白銀頭をしている。最近は以前にも増して、圧倒的に〝老いの白髪頭〟だと勘違いされる事が多かった。

ベルアーノは、国内で数少ない銀髪の貴族家系の一つである。ただ、苦労性のせいなのか、白髪が出てから増えるまでが早かった。

『キラキラと艶のある見事な白髪ですね』

相手は褒め言葉のつもりなのだろう。そう言われるたび、彼は社交辞令的に愛想笑いだけ浮かべて見送った後、忌々しげにこう呟くのが恒例になっていた。

『これ、銀髪だからな』

そんな彼の向かいには、銀色騎士団第一師団長グイードが座っていた。

四十代も半ば過ぎたというのに、いまだに若々しく白髪一つない長身の男だ。幼少の頃から積極的に社交界に参加していた事もあって、若き日の宰相の姿を知っている一人でもある。

コーヒーカップを手に取ったグイードが、そこで今更のように彼へ目を向けると、その様子をしばし観察してこう言った。

「そういや、急に静かになってどうした？　何か産まれそうなのか？」

「張っ倒すぞ。産気ではなく胃痛だッ」

ベルアーノは、顔を上げるとグイードを忌々しげに睨み付けた。

「そもそも、なんでお前は当然のような顔でコーヒーを飲んでいる？　私は仕事中なんだぞっ、さっさと仕事に戻らんか！」

「ははは、何怒ってるんだ？」

叱られたというのに、グイードは何も響いていない様子で笑う。

「ベルアーノ、このコーヒー見てみろよ。『どうぞ』ってメイドに渡された手前、飲まずに戻るわけにもいかないだろう？」

「このタイミングで嬉しそうな笑顔をされると、余計に腹が立つな。お前がこの部屋に馴染んで喋り通していたせいで、客人だと思って彼女達はコーヒーを出したんだ！」

不眠不休の忙しさだというのに、目の前で休憩を取って寛いでいるグイードが憎い。

ベルアーノは日常業務の他に、毒の件とハーパーの件もあって大変忙しい中で〝騒ぎの後始末〟という仕事まで加わっていた。

「ぐぅっ、あのポルペオまで出てくるとは予想外だった……」

思い出したら頭痛まで覚えた。中央訓練場は確かに無法地帯とはいえ、頼むから、こんな時に部隊や班同士の喧嘩をしてくれるなと言いたい。

先日、ジーンが元黒騎士部隊による臨時班を結成した。

すると当時、黒騎士部隊にライバル意識を持って対抗していたポルペオが、活動初日に任務場所をかけて木刀戦を挑んだのだ。

騎士の鑑であるポルペオが、あのような行動を起こすのも久し振りだった。ここ最近は落ち着いていていて、馴染みのメンバーとそんなに大きな騒ぎだって起こしていなかった。

多分――いや、絶対ジーンのせいだろう。

あの後、ジーンがひどく上機嫌そうだったという話は聞いた。彼は国王陛下アヴェインの幼馴染で、二人は性格が似ているところがあり、どちらも面白い事には目がない。

ジーンは、ポルペオの地雷を意図的に踏み抜くところもあった。向こうから絡まれたのをいい事に、いつものごとく彼のヅラを吹き飛ばしたのかもしれない。

「というか、なんでお前らは揃ってヅラを狙うんだ！」

ベルアーノは、とうとうペンを置いて机をバンバン叩いた。

そのせいで、騒ぎも無駄に大きくなるのだ。何かしらにつけヅラを狙うという、迷惑極まりないメンバーの一人であるグイードを睨み付ける。

すると、視線を受け止めた彼が、きょとんとした目でこう答えた。

「似合わないからじゃね？」

「なんで疑問形なんだ。その理由だってとんでもなく迷惑物だぞ」

「なんつうかさ、ポルペオのヅラはツボなんだよ。分かる？」

「分からんわ。そもそも狙うんじゃない！」

力加減など絶妙にコントロールしないと吹き飛ばないんだ、と以前ジーンが酒の席で話していたのは覚えている。でもベルアーノとしては、そもそも何故こいつはヅラを飛ばす方法を得意げに説いているのか……と困惑してしまうのだ。

女性が用意してくれたコーヒーだからだろう。女性にはとくに紳士であるグイードが、コーヒーカップを丁寧にテーブルの上に戻してから言った。

「そんなに怒るなよ、ベルアーノ。俺だって、まさか活動初日に、ジーン達がポルペオと衝突するとは思ってなかったし？　びっくりしたんだぜ」

「……その割には、面白がって見舞いに行こうとした、と聞いたが？」

「あ〜……まぁ、同僚の様子を見に行くのは普通だって。うん」

答えながら、グイードの目がさりげなくそらされていた。

あの日、ポルペオ達の騒ぎを聞いた彼は「ちょっと行ってくるわ！」と部下に堂々とサボリ宣言をし、会議の開始時刻に部屋から飛び出したのである。

そして道中、鉢合わせた治療後のポルペオに「馬鹿者ッ」と説教される事になった。そこから逃走した際、普段より体力を消耗していたポルペオの部下達が、馬鹿力のグイードの身体に当たって吹き飛ばされた——という騒ぎが起こったのだ。

「全く、余分に一つも二つも多く騒ぎを起こしおって。ハーパーの件もそろそろ動き出すというのに、おかげで今朝まで、私はその後処理にも回っていたんだぞっ」

グイードが遅れた会議の一件と、ポルペオの前から逃走した際の被害についても、ベルアーノのもとに相談と苦情が寄せられて大変だった。

実のところ、彼の苦労は他にも複数あった。

その日の騒ぎも、王宮内だけにとどまらなかった。臨時班が結成された初日でもあったのだが、ジーン達が持ち前の行動力で現場の下見に出掛けたあげく、チンピラ達とやりあったというのだ。

戦闘のプロが、チンピラグループの青年達と殴り合いをした。皺くちゃになっていたニールの報告書を読んだベルアーノは、そこでも胃がギリギリとした。

「あいつらは最悪レベルの悪運でも持っているのか？　なんでこれから押さえるハーパーの屋敷関係のチームと、偶然にも接触して喧嘩の騒ぎになるんだ……！」

ずっと胃痛は絶えない。今朝の国王陛下との話し合いでも精神力をごっそり持っていかれ、陛下の公務は大丈夫だろうかと、不安と心配で更に胃も軋んでいる。

再び胃の辺りを押さえた宰相を、グイードがコーヒーを飲みながら、呑気そうな目で眺めていた。

しかも中央訓練場での騒ぎの後、臨時班の二人であるマリアとニールが、別件でモルツとの騒ぎも起こしていた。文官のアーシュ・ファイマーがそれに巻き込まれ、その事を知ったロイドが何故か自身の執務室を破壊するに至った。

その破壊音は、救護室前にいたポルペオや部下達の耳に届くほどだったらしい。吹き飛んだ重厚な扉は、間一髪で避けた若い軍人達のそばで廊下の一部を破損した。

「意味が分からん……。頼むから、これ以上騒ぎを起こさないでくれ」

ベルアーノは、深い溜息をこぼして、組んだ手に額を押し当てた。

先日、旧第三聖堂が、異国の魔法のような猛毒【リリスメフィストの蔓】の保管庫の一つである事が判明した。

今回押さえるハーパーのところは、それなりの数を仕入れた状態で〝毒の実演販売〟をしていると想定されている。もし、入荷元がそこに結び付けば、場所も特殊で規模もあるだけに第一の保管庫である可能性も高くなる。

そうすれば、突入までの手筈もより早く進められる。

現在、毒の入手経路が全く不明の状態だった。もしかしたら現物確保によって、毒の解明と解毒剤開発の進展だけでなく、そちらについても詳しい情報が掴めるかもしれないと期待されていた。

その猛毒が、ガーウィン卿の立場を強くしている切り札の一つだと思われる。毒の入手経路が解明されれば、相手を破滅に追い込むための〝交渉材料〟になるだろうし、また新たなチャンスにも繋がるかもしれない。

「その忙しさの中だというのに、あいつらときたら……」

緊張感がなさすぎなんじゃないかと思うところもある。しかしロイド達が精神的にタフで、長期戦になる事を想定したうえで腰を据えているのも分かっていた。

でもベルアーノは、本当に疲れていたのだ。とくに騒がしさが重なった臨時班の始動の日、予想以上に難航した事もあって、体力精神力共に擦り切れていた。

「まさか〝彼〟が、あそこまで反対して怒るとは――」

思わず口の中に言葉がもれた時、扉をノックする音が耳に入った。

その特徴的な強弱を持った叩き方には覚えがあった。グイードが扉に目を向ける中、ベルアーノは少し前の事を思い返して訪問相手を確信し、入室許可を出した。

「失礼します」

そう告げて扉を開けたのは、第三宮廷近衛騎士隊の副隊長アルバート・アーバンドだった。

リリーナの兄で、蜂蜜色の髪と深く柔らかな藍色の目をした美青年である。入室して来た彼が、扉を丁寧に閉めてふんわりと微笑んできた。

「――こんにちは、宰相様」

虫も殺せないような優しげな顔で、彼は親しげにそう言った。

※※※

その頃、マリアは離れにある薬学研究棟に到着していた。

一階の裏手にある研究私室の扉を叩くと、内側からすぐに「どうぞ」とどこか疲れたようなルクシアの声が返ってきた。

その時点で嫌な予感を覚えなかったのは、先程のリリーナ達の件で、精神的にかなり浮わついていたからである。今日は素敵な事が起こりそうだ、という気持ちのまま扉を開けた。

すると、パッと目に飛び込んできた室内に、またニールがいた。

「やっほーお嬢ちゃん！」

目が合うなり、ぶんぶん手を振って挨拶してくる。

当たり前のように居座っている彼を見て、マリアは口が引き攣りそうになった。

彼は〝伝言係〟として、臨時班の活動初日の翌日に伝言を持って来ていた。それからというもの、自分用の椅子を置いてしょっちゅう来ているのだ。

マリアは諦めて、溜息と共に扉を閉めて入室した。

「おはようございます、ルクシア様。ニールさんが、また何か失礼な事はしていませんでしたか？」

「おはようございます。彼は――いつものように一人で楽しく喋っていただけです」

少しだけ考えたルクシアが、冷静な表情で大きな眼鏡を押し上げて言葉を締める。

大人な対応である。でも、朝一番だというのにやや疲労感が漂っている。アーシュの方を見れば、彼は疲労感を全く隠せていないようだった。

「ええと、おはようアーシュ。……大丈夫？」

「おはよう。隣から延々と喋り続けられて、なんでか知らないけど唐突に『抱っこ試してみる？』とか言って、ルクシア様の方に向かおうとしたから、俺が全力で放り投げてやったわ」

アーシュは、げんなりとした様子で眉間に深い皺を刻んでいる。ニールがここに通うようになって以来、彼はよくこんな表情をするようになっていた。

……苦労をかけるな、ごめん。

マリアは、申し訳なく思って黙り込んだ。オブライトだった頃に、子供の扱いに関してニールに言った事が影響している気がする。

「あれ？　お嬢ちゃん、今日はエプロンの後ろの結び目が、なんか可愛い感じになってるね」

問われて、マリアはニールへと目を戻した。椅子の縁に両手を置いた彼が、「んん？」と上体を傾けてこちらを覗き込んでいる。

「ああ。屋敷を出る前に、先輩のメイドがやってくれたのですわ」

普段から女性の細かいところにも気付けないし、空気も読めない男なのに珍しいな、と思った。

実は今朝、迎えに来た馬車に乗り込もうとしたら、カレンがバタバタバタと調子よく走って来たのだ。執事長フォレスが後ろで額を押さえる中、彼女は言ってきた。

『昨日、ミリーとナタリーの双子に可愛い結び方を教えてもらったのよ。やってあげるから、ちょっと後ろを向きなさいな！』

『カレン、あの、迎えの業者さんがいるのに口調が素に戻ってる――』

『いいからいいから、時間もないでしょ？　はいっ、後ろを向いた！』

カレンは、まるでリリーナみたいに、にこにことご機嫌だった。マリアが戸惑っている間にも、メイド衣装のエプロンの紐部分を結び直し始めた。

『そういえば、カレンはさっき旦那様と話していたけど、何かいい事でもあったの？』

『うふふ～、ちょっとしたゴーサインが』

『ゴーサイン？』

『私はあんたのお姉さんで、ここにいる皆もマリアの事を、妹や娘や孫みたいに思ってるのよ。それを忘れないで』

カレンが、どうして今、自分達が〝家族〟である事を口にするのか分からなかった。まさかそれが、彼女が本日王宮にくる事だとは、その時のマリアは気付けないでいた。

「でも、小さな変化なのに、ほんとよく気付きましたわね」

「あははは、だってさ。ド貧乳なうえ色気ゼロで、それでいてチンピラも怯えるくらい凶暴なお嬢ちゃんが、そんな細かい女の子っぽい結び方とか、自分でできるはずないよなぁって」

彼を見直しかけていたマリアは、そこで堪忍袋の緒があっさり切れた。

室内の温度が一気に下がるのを感じて、ルクシアとアーシュが「あ……」という顔をする。次の瞬間、マリアはニールを組み伏せていた。

「いたたたたたた！　お嬢ちゃん待った！　このエビ反りはまずいっ」

「『待った』はない」

ぎゃあぎゃあ騒ぐニールを見ていたアーシュが、朝の疲労もあってピキリと青筋を立てた。パッと立ち上がって、そちらへ駆け出す。

「またこのパターンかよ！　つか、お前も平気で男の上に跨るなッ」

膝丈のスカートでは、些《いささ》かまずい体勢になっているマリアを、後ろからはがいじめにして引き剥がしにかかる。

彼は重度の女性恐怖症だ。ルクシアが、嫌な予感に腰を上げて制止の声を上げた。

「アーシュ、落ち着いてください。このパターンだと、あなた、今度こそ倒れ――」

しかし、その声は一歩遅かった。

マリアの白い太腿の感触を、自身の足に受けたアーシュが白目を剥いて倒れた。気付いた彼女とニールが揃って、「「あ」」と声を上げて騒ぎを止める。

ルクシアは、「今度こそ倒れてしまいましたか……」と深い溜息をこぼした。だぼだぼの白衣の折り曲げた袖口から、華奢な手で大きな丸い眼鏡を押し上げると、外の衛兵を呼ぶべく扉に向かった。

※　※　※

入室したアルバートが、両者に挨拶するように軽く頭を下げた。宰相の執務室にいたグイードは、彼がここに来るのを見るのは初めてで目を瞬く。

「へぇ、なんだか珍しい訪問者だなぁ」

思わず呟けば、ベルアーノがチラリと睨み付けた。

「お前らが、頻繁に来すぎなんだ。ったく、友人感覚で出入りしやがって」

ぐちぐち言っていたベルアーノが、そこでハタと思い出した。労いの笑顔を浮かべると、アルバートを自分のそばへ来るように促す。

「こちらになります」

アルバートが、彼へ一組の書類を差し出した。

実は早朝にも、ベルアーノは彼の訪問を受けていた。その際に話を聞いていたから、内容に不備がないかだけをざっと確認した。

「うむ、代理処理の件は問題ない。確かに受け取った」

「急な事で申し訳ありません。監視しているアイワード第四騎馬隊長には、こちらで別の人間を付けておきますから、心配なさらないでください」

「こちらこそすまない。そこまで配慮してもらえて、助かるよ」

本当に、どこかの連中とは大違いである。

ベルアーノは、そのうちの一人であるグイードを横目に見やった。臨時班の件で、ヴァンレットのスケジュールを調整するだけでも血を吐く思いだったのだ。

だから、この急な人員変更も、向こうで調整してくれた事には感謝しかない。一部をアーバンド侯爵家側が負担すると、協力を申し出てくれたのだ。

「父上は元気か？　リリーナ嬢は昨日〝友達大作戦〟だったんだろう？」

「はい。父は元気にしていますよ。おかげ様で妹の外出も成功したみたいで、帰ってからずっと、僕と父は話しを聞かされ続けました」

「そうか、それは良かった。随分楽しみにしていたようだったから」

「ふふっ、ありがとうございます」

にっこりとアルバートが微笑む。

リリーナとクリストファーの見合いから、ベルアーノはアーバンド侯爵とはプライベートな手紙のやりとりをするようになっていた。最近は息子であるアルバートから、直接〝裏〟の話を聞く事も増えている。

「いつの間にか仲良しだなぁ」

やりとりを聞いていたグイードが、少し首を傾げた。社交界で知り合ったのをきっかけに、アルバートから時々〝協力〟を頼まれたりしている彼は問いかけた。

「そもそもアイワード隊長っていうと、確かそっちの侍従君が付いていたんじゃなかったっけ？」

ガーウィン卿側であると確定した騎馬隊の男については、アルバートが自分の従者を向かわせると聞いていた。アーバンド侯爵は何やら多忙なようで、王宮では現在、跡取りの彼が主体となって動いているところがあった。

するとアルバートが困ったような微笑を浮かべた。

「実は明日、丸一日お休みを取らせる事にしました。今週は例のところの鎮魂期間ですから、記念碑に花くらいは添えておいで、と」

「なんだ、わざわざ侍従君を動かす何かがあるのかと思ったら、〝裏〟関係じゃなくてプライベートな有給申請だったのか――そういや鎮魂って？」

そのままグイードに目を寄越され、ベルアーノは呆れたように眉を顰めてみせた。

「繊細な話なんだ、察しろよ」

その急な有給申請を切り出された時は、ベルアーノも同じように身構えてしまったものだ。しかし、アルバートから話を聞いて、それなら仕方ないとも納得した。

長い付き合いである彼の目を見たグイードが、思い至った顔をして掌に拳を落とした。

「もしかして、旧ドゥーディナバレス領の事か？」

「ようやく分かったか。暴動から、まだ二十年も経っていないからな。向こうでは鎮魂期間が、一年でもっとも大切な日とされている」

そこは現在、マーティス帝国領となっている場所である。フレイヤ王国と、平和条約に加盟した国々が引き続き支援を行っている土地だ。

それを思い出したグイードは、「なるほどなぁ」とソファに背をもたれた。

「まれにない非道っぷりが語られて、唄やら本やら劇にもなってるやつだよな。確か、劇場での演目名は——【首落とし姫】」

インパクトのある強烈な名前だ。それでいて、かなり的を射ているだけあってグイードも深く頷く。

「歴史を忘れないために、必要な教訓として語り継いでいるんだろう」

ベルアーノも、同意して続けた。

「徹底的な閉鎖を行い、独自のルールを設けて領主が女王となった、という経緯も他にはない事だ。……多くの人間が死んだ事に変わりはないがな」

「戦禍が広範囲に及んでいなかったってのに、死亡者数もひどいものだったからなぁ。そんな中で領民が反乱に出たんだっけか。侍従君は、そこに縁がある人間だったのか？」

グイードが確認すると、アルバートが困ったように微笑んだ。

「彼の出身地でもあります」

それ以上は話すつもりがないらしい。グイードが察して身を引くと、ずっと立たせているのも申し訳ないと考えたベルアーノが着席を促した。

「急ぎでなければ、少し足を休めていくといい」

アルバートが、数秒ほど思案の間を置いた。それから「――それでは、少しだけ」と答えて、グイードが空けた隣のスペースへ腰を下ろした。

「コーヒーか紅茶は？」

「いえ、飲み物は不要ですよ。ありがとうございます」

そんな会話がされる中、グイードはソファに背をもたれ直した。足を組んだ後、当時を思い返して「それにしても」と言葉を続けた。

「まだ二十年も経ってなかったんだなぁ。援軍を作るのも難しい戦乱の真っただ中で、非道な政治で苦しめられていた民から助けを求める声がうちに届いて。そんな中で、そこに敵国軍が迫っているっていう最悪の切羽詰まった状況だった」

――でも国王陛下が、「救え」と命じたから。

家臣らはそのたった一言で引き受け、寝る暇も惜しんで他国へも交渉しに行った。軍の人間も「少しでも手が空きそうな奴を回せ」と動いた。

一人でも多く救いたいとする国王と同じ気持ちだったのだ。そうして国民達は、いつも自分達のために頑張ってくれている〝国王〟の助けになりたかった。

誰もが若き彼を王として慕い、絶対の信頼を置いていたがゆえだった。

「どうにか合同軍を作って寄越したんだっけか。さすが大陸一の軍事力を誇るだけあるよなぁ。マーティス帝国軍が、短い間にあれだけの兵士をかき集められるとは思わなかったぜ」

そこで、グイードは「ん？」と首を捻った。

「……そういえば俺、どうしてここへ来たんだっけか？」

今更のように口にされたその言葉を聞いて、ベルアーノはひどく疲れを覚えて沈黙してしまった。

一人娘ルルーシアの寝顔がむちゃくちゃ可愛かった、という理由だけで、まずはベルアーノに自慢してやろうと、朝一番に突撃してきた事をグイードは忘れていた。

つまりは満足してくれたのだろう。いつもの事ながらそう思ったベルアーノは、もう何も言うまいと深い溜息をこぼした。

「深い溜息ですね。お疲れ様です」

そんな労いの言葉をかけられて、ベルアーノは重い頭を持ち上げた。

発言したアルバートの方を見ると、控えめな微笑を浮かべていた。こちらを見据える藍色の瞳には、苦労話があるのなら聞きますよ、という深い思い遣りが浮かんでいる。

疲れ切っていたベルアーノは、うっかり感動してしまった。

こんな風に優しく配慮してくれる部下が、非常に少数であるためだった。話した事がそのままアーバンド侯爵に伝えられるとも思い付かないまま、彼は「実は……」とポツリとこぼす。

「先日も色々とあったんだが、一番予想外だったのは、ルクシア様の説得が難航した事だったんだ」

「それは珍しいですね。てっきり問題なく進んだものかと。第三王子殿下は、賢王子であらせられますから」

アルバートは計画についても、一部の協力を申し出ていた〝アーバンド侯爵家〟の人間として事情を知っている。ベルアーノは「そうなんだがなぁ」と相槌を打った。

問題ないだろうと思っていたのは、ベルアーノも同じだった。ルクシア達への説明について相談を受けてくれた家臣達だけでなく、当の国王陛下達にも話す内容を確認して薬学研究棟に向かった。

——のだが、そこで想定外の集中非難を受けてしまったのだ。

待っていたのは、ルクシアからの強烈なブリザード級の精神攻撃だった。想定していなかった事だったから、その日の一番の高ダメージとなった。

極秘任務であり、『一掃計画』にも関わるものだったから、詳細は語らないように注意しながら、マリアが一時的に別件でも助っ人として動く事になったと伝えた。

ルクシアは、なかなかその決定を受け入れてくれなかった。

十五歳よりも幼く見える少年王子から、凍えるような丁寧な敬語で延々と責められ、ベルアーノは生きた心地がしなかった。

近くにいたアーシュも、初めて見るルクシアの剣幕に目を丸くしていた。ロイド側と国王陛下側の板挟みの立場であるベルアーノは、途中、マリアが戦闘メイドである事を打ち明けてしまおうかと本気で悩んだ。

しかし、そのタイミングで言い放ってきたルクシアの言葉で、たとえアーバンド侯爵家の秘密を明かしたとしても納得してくれそうにないだろう、と悟った。

『彼女が、少し剣の腕に覚えがあるようだとは察しています。しかし、だからと言って、危険な現場に放りこむような任務を、少女に手伝わせる事には反対です』

総隊長が下した決定を覆す事はできない。ルクシアは、そういった事情は知っている人だ。ベルアーノは宰相という立場を使って「決まった事ですから」と、彼の意見をはねのける事もできた。

――だが、今回はそれをしなかった。

ベルアーノはルクシアが了承してくれるまで、ひたすら付き合う覚悟で、彼の非難と叱責の一つ一つに耳を傾けて聞いていた。

『彼女は女の子なのですよ。怪我をしたらどうするのです。使用人だって私達と同じ一人の〝国民〟です。あなた方は、上から命令して簡単に『人員補充だ』のなんだのと言ったりしますが、使用人も兵も替えのきく〝駒〟ではない。その責任をきちんと考えた事がありますか』

何故ならルクシアは、大切な仲間や友として、ただただマリアの身を案じて怒っていたからだ。

『騎士は替えのきく駒ではない』

若き頃の国王陛下が、同じ事を語っていた。そんな父親を彷彿とさせるような彼を前にして、ベルアーノは無理やり納得させるような態度には出られなかった。

『確かに肝が据わっているところはあるけど、あいつも女なんだぜ』

途中から、アーシュまでルクシアに加勢してきた。二対一の状態になってしまったベルアーノは、時間をかけて、どうにか彼らを説得したのである。

人間嫌いだと言われていた第三王子が、友人を持ったと分かった一件でもあった。説得にはとても苦労したが、それを知る事ができて良かったとは思っている。途中ルクシアは、「二人は私の友人です」と勢いのまま口にしてもいた。

それは恐らくは、『大切な友』と呼ばれるものだろう。

ベルアーノは、大切な友を想う人間を知っていた。彼がよく知るその人は、今も、唐突に失ったその友の事を忘れられないでいる。

――その人は、国王陛下アヴェイン。

彼は玉座から見える場所に、黒い竜が描かれたその部隊の軍旗を飾っていた。人の目がない時など、珍しくぼんやりとした様子でじっと眺めていたりする。

声をかけたら、「なんでもない」といつもかわされた。いまだに王妃もその息子達も、彼を名前で呼べる友人達も、彼からその本心の全てを語られた事はないという。

ベルアーノは、幼い頃から彼のそばでルクシアを見てきた。だから、ようやく友人ができた事は嬉しいのだが、同時にどうしたものかと悩ましく考えさせられてもいた。

何せ、総隊長側とルクシア側の間に立つのは、自分である。

また一つ、胃がキリキリとするタネが増えてしまったベルアーノは、思い出して腹部を押さえた。グイードが、ようやく察したように言う。

「そういえば、疲れているみたいだな？　どんまい」

「おい。他に何か言葉はなかったのか？」

「うーん。俺はルクシア様を、直接は知らないからなぁ」

第三王子は、社交界にもあまり顔を出さず、王宮にもほとんどいなかった。幼少期に剣の講師も付けていなかったため、ロイドやジーン達とも関わりがなかった王子である。

とはいえ、ルクシアの件は数日前の事だ。

この精神的な疲労具合からすると、今朝も何かあったのではないかと思い、グイードとアルバートは揃って目を向ける。

ベルアーノは、「お察しの通りだよ」と吐息交じりに白状した。重なった心労に参っていて、ソファにもたれかかると天井を仰いだ。

「あの〝小さな女王様〟には、本当に困ったものだ。まさか陛下への贈り物として、国獣の【百年虎】を送ってくるとは……」

「ああ、先日その贈り物が入った荷馬車が襲われたやつか」

グイードは、理解に至ったと掌に拳を落とした。

あの若き〝女王様〟は、自分よりも倍以上も年上のアヴェインの事を、同年代の男のように憧れている。ファンすぎて、神のように崇めている節すらあった。

周りの者が「あなたの父君様より少し下のご年齢です」と何度言い聞かせても、彼女はうっとりとして「素敵な青年王ですわ」と呟くのだ。

相手は貿易など経済交流の観点からしても、仲良くしておいて損はない超大国である。とはいえ国王を、友としてよく知っているグイードは「うーん」と頭をかいた。

「アヴェインの〝国王モード〟は、完璧だからなぁ……」

そのせいで盲信的な崇拝に至っているのでは、と呟いたところでハタと気付く。

「というかベルアーノ、また朝一番にその件をアヴェイン――っと、陛下に言ったのか？　その件については一旦話が付いているし、あとは他の連中に任せとけばいいだろ」

グイードは、自分達以外の人間がいる事を思い出して、陛下という呼び方に戻した。

この国の宰相は、心配症なのか気苦労が絶えないところがある。だから胃も必要以上に痛んでしまうのでは、と彼を知る誰もが思っていた。

「言ったよ。悪いか。私はお前と違ってきちんとしているんだっ」

「なんだよ、机を叩いちまうくらいの事でもあったのか？」

「実は今朝、その件を陛下が忘れていないか、改めて確認したんだが……」

国王陛下の右腕であるベルアーノは、胃の辺りを押さえながら、一番目の謁見の支度にとりかかっていたアヴェインとの会話を語り出した。

※※※

少し前、ベルアーノは謁見の間の後の扉から入室した。

報告するなら今しかない。国王陛下が座った椅子の後ろに立つと、ずっと脳裏をちらついて離れないでいる、その胃痛のタネの一つについて相談した。

「例の仔虎の件ですが、まだ見つからないようでして……」

「なんだ、またその件か？　いい、そのまま放っておけ。俺は別に困らん」

ここから国王陛下アヴェインの顔は見えないが、ひらひらと振られた手から、今浮かべているであろう表情は容易に想像できた。

相変わらず、四十代後半とは思えない、張りのある細く白い指である。

彼の美貌は衰える事を知らず、実年齢に対してひどく若々しい容姿をしていた。今でもファンクラブなるものが存在し、貴婦人も令嬢達も彼に熱い視線を送っているほどだ。

「そもそも、絶対に懐かん〝犬〟を寄越されても困る。殺生をした人間を目敏く見わけて嫌うとあっては、軍用犬として騎士団に押し付ける事もできんしな」

そうきちんと国王の主張を聞いてから、ベルアーノは訂正を入れた。

「陛下、犬ではなく虎です。虎は猫科です」

「細かいやつめ。同じようなものだろう」

「全然違いますよ！　それから、その虎は現在、向こうの国で八頭しか存在が確認されていない、超希少種です！」

彼は当初から、「犬」やら「ワンコ」呼ばわりするくらい興味を持っていない。

国獣に指定されている【百年虎】は、女王制度が続くその国で、守り神や聖獣として崇められている最大級の肉食獣である。

百年以上は生きると言われているが、彼らの生態については不明な点も多い。『清らかな主君を守るための戦闘用獣』とか『守護獣』とも言われている。

すると、長椅子の向こうから、またしても白い手がひらひらと振られた。

「クソつまらん。そんな事は、俺とて知っている」

「陛下。頼みますから、国王モードの時に『クソ』などという言葉は、絶対に使わないでくださいよ⁉」

「分かってる。それから『ワンコ』の件だが、お前らが勝手に色々と騒ぐものだから、アーバンド侯爵に探しておいてくれとは依頼した」

「えっ、捜索を暗殺部隊に回したのですか？」

「そっちの方が早いだろう。安否確認にせよ、何かしら情報があればそっちに回すように言ってある」

「……ん？　何故に私のところなのですか？」

「あとは、お前の方で好きにしていいぞ。俺は興味がない」

「何をおっしゃっているんですかッ。知らせがあったら、きちんと確認して、あなたの許可を取るに決まっているでしょう！」

※　※　※

「――と、いう事があったんだ」

語り終わった時、ベルアーノは顔を両手で覆ってしまっていた。そんな彼を前に、グイードはなんとも言えない乾いた笑みを浮かべている。

つまり、例の虎の件は宰相の方に一任されたらしい。

数日で仕事量が三倍になっている彼の心労を考えると同情する。思考の切り替えが器用な人ではないから、一人でぐるぐると考えてしまって、参っているのだろう。

「まぁ……なんだ。気を取り直そうぜ、ベルアーノ」

ややあって、グイードはようやくそう言葉をかけた。

「えぇとさ、それに、そう！　心強い味方ができて良かったじゃないか。あのアーバンド侯爵が、陛下から直接探し物を引き受けたんだし――なっ、アルバート」

「はい、情報が入りましたら、僕の方からすぐお伝えしますね」

アルバートの微笑みが、ベルアーノの弱った心をまたしても感動させ、つい、潤んでしまった目元を押さえて呟く。

「くっ、どっかの部下達とは大違いだ」

「なぁ。それって、もしかして俺らの事か？」

グイードが、ちょっと心外そうに彼を見た。

ベルアーノの気苦労が少し減ったのを見届けたところで、アルバートがゆったりとした動きで立ち上がった。

「一休みをさせてくださいまして、ありがとうございました。友人と接するあなたや、今の陛下の事も知れて良かったです。父への嬉しい土産話になるでしょう」

「ああ、お父上にはよろしく伝えておいてくれ」

「それでは、僕は戻ります。――マリアを、どうぞよろしくお願い致します」

呼び止める間もなく、アルバートが会釈をして退出していった。

グイードは「案外足が速いな」と、しばし見送った姿勢でいた。しかし、ふと、去り際のアルバートの台詞を思い起こした。

「ん？　ちょっと待てよ………マリアちゃん、か」

思案の表情を浮かべ、顎に手を当てる。

ベルアーノは、見送った後の余韻に浸っていた。

「悩みを聞いたら、さくっと切り上げるところもグイードとは大違いだな」

そう改めて口にしたところで、ふとテーブルの上の書類が目に入った。直面している膨大な仕事量を今になって思い出し、沈黙する。

今回のハーパーの件に関しても、知らされている人間は少なかった。それでいて、そのうちの〝時間に余裕がある人間〟に限って、書類作成能力はポンコツなのである。

――この忙しさは猫の手も借りたいほどだが、ニールは絶対に借りたくない。

押し付けられようとも、彼の手は全力で追い返すつもりだ。昔、ひょいと寄越された際には全く仕事が進まなかったし、かえって彼の面倒見で大変な苦労をした。

『ニールが空いてるけど、いる？』

ベアーノが多忙にしているのを面白がったジーンが、計ったかのようなタイミングでニールを猫のようにひっさげて爽やかな笑顔と共に訪問してきた時は、もう死ぬ気で追い返した。あの後、陛下も全く同じ事をしていた。

あの幼馴染の二人組は、揃ってS気質だ。本人達は「元気づけようと思って」と言っていたが、ニヤニヤしていたところが本当に性質が悪い。

『そもそもニール、なんでお前は立て続けに猫みたいに大人しく運ばれているんだ！』

『そういえば俺、何してたんでしたっけ？』

問いかけたら逆に尋ね返されて、ベルアーノは更に精神をガリガリと削られるのを感じた。

そんな事があった翌日に、モルツに無言の訪問を受けた際は、即、扉を閉めた。お前ら本当は仲がいいんじゃないか？　と思ったくらい、息がぴったりな奴らである。

「せめて情報処理能力が高くて、速筆もできる人材がいれば……」

ベルアーノは、今とても欲しい人材について考えた。たとえば性格は勤勉で、仕事に対して誠実。状況に応じて柔軟に考える事ができてスムーズに仕事が進められ、それなりに体力があって、速読や高い記憶力があれば尚良い――。

しかし、そんな条件が揃った優秀な者など、滅多にいないだろう。ましてや、そんな人材が文官クラスあたりに転がっているはずもない。

自由が利きそうな人物については何人か浮かぶものの、奴らが素直に手伝うとは思えなかった。来たら更にカオスな状況になるのは、目に見えている。

再び大きな溜息を吐いた時、不意にベルアーノはグイードに尋ねられた。

「おい、ベルアーノ。確かジーンは、今日の予定も埋まっていただろ。マリアちゃんは、それを知ってるのか？」

「マリアは、臨時班以外は、引き続きルクシア様のところを手伝ってもらっている。そこで待機するようにと、ニールに伝言をさせてあるから問題ない」

そう答えたところで、ベルアーノは、グイードの瞳が輝いている事に気付いた。楽しそうだとでも言うように、やけにキラキラしているのは気のせいだろうか。

実に悪い兆しだ。とにかく、こいつをとっとと仕事に戻そう。

ベルアーノはそう考えて、「グイード」と強めに言った。

「いいか、マリアは引き続きルクシア様の手伝いをしているんだ。ニールは仕事として伝言に行かせてあるだけで、恐らくすぐに退出しているはずだ」

言いながら、ベルアーノはそこに関して「多分」という言葉が脳裏を掠めた。

「言っておくが、お前は昨日も仕事をサボっているんだぞ。だから、とにかく私のところにまた苦情と泣き事が来ないよう、今すぐ仕事に戻――」

「ニールが行っているのに、俺が行かないという選択肢はっ、ない！」

唐突に、グイードが力強くそう言って立ち上がった。

かなりいい笑顔である。ベルアーノは「嘘だろこのバカッ」と口の中にもらすと、自分も慌ててソファから立ち上がった。

「オイ何でそうなる⁉　頼むから、ルクシア様の邪魔をするんじゃないッ。それに連日続けてサボったのを知られたら、ロイドが切れるかもしれないだろうが！」

「ははは。あいつ、ああ見えて真面目だもんな～。大丈夫だって——ロイド関係の仕事までには戻るから」

グイードが、スケジュールの中にロイド案件がある事をあっさり認めて言う。他の仕事はどうするつもりなんだお前は、とベルアーノは絶句しそうになった。

「考え方が最悪だッ。というかお前、行っても遊ぶ気満々だろう⁉」

「ちょっと一休憩するだけだって～」

「今もしているだろうが！」

「ここ数日はジーンも多忙みたいだし、仕事漬けってのも俺の性に合わないし？」

「ぐぅ、このサボリ魔の自由人め……！　だからって、なんでマリアの方に突撃しようとするんだッ」

こいつの考えている事はサッパリ分からん、とベルアーノは頭を抱えた。

グイードとジーンは、日々、突発的に行動する自由人ぶりを発揮していた。王宮内では有名で〝逃亡癖〟と呼ぶ者も少なくなかった。

その点では、国王陛下アヴェインといい勝負だ。国王が唐突に「飲みに行こう」と言ったかと思うと、ルーノという従者辺りに変装を依頼し、ジーン達と共に下町の居酒屋に繰り出したりする事に対しても、ベルアーノは日頃から胃を痛めていた。

「なんでって、そりゃ――」

そう答えようとしたグイードは、笑顔のままピタリと固まった。

無意識に、自然と、昔よく口にしていた、とある台詞を言いそうになった。ニールも遊びに行っているのに、先輩である自分が遊ばない手はないだろう、と。

『後輩がいるから』

彼がいるのだから、きっと楽しいに違いないだろう――そう疑いもなく思っていた頃と、それは同じ感覚だった。


グイードにとって、彼は大事な後輩だった。

個性的なくらい壊滅的に字が汚かった。なんというか、一文字ずつからして危うい感じなのだが、綴られた文章がまた、大きさも高さも不揃いで。

おかげで報告書の作り方を教えるのには苦労した。部隊の予算決定に関わるものを作る際には、レイモンド達もみんな集まって、ジーンと自分が筆頭になって、オブライトを指導したものだ。

文章のセンスは、圧倒的になかった。

嘘もつけない素直な性格だという事もあったのだろう。

けれど真っすぐに文字を続けられない様からは、そもそも彼には文字を書き綴るという習慣が、これまで全くなかったのだろうと気付かされた。

それは、誰かに便りの一つさえ書く機会もなかったのだなと教えてきた。彼は、誰かに何かを書き伝えるという、当たり前の事にさえ馴染みがなかったのだと。

『――ペンを貸せ、馬鹿者。綴りが間違っている、教えてやるから覚えろ』

ポルペオが、察した事情を飲み込んでそう言った。

オブライト自身は無自覚のようだったが、それは、とても哀しい事だとグイードは感じた。手紙ででも、思いを伝える相手が誰かいれば良かったのにと思った。

そんな彼と、全く同じような報告書を作ったマリア。

けれど彼女は、オブライトよりも感情豊かな、普通の女の子のはずで――……そう、彼女は十六歳の女の子なのだ。

女性は大切にするべきだという意識が、グイードの考察を途端に邪魔した。

悩む時間は最短、というのも彼の特徴である。このままだと楽しみを逃す気がする。そんな持ち前の意識が戻った瞬間、過ぎったその疑問も目の前の楽しみに負けた。

楽しそうだという期待感で、グイードの胸はいっぱいになった。さて、きっと面白くなるぞ、と居ても立ってもいられなくなる。

「じゃッ、行ってくるぜ！」

そう言い残すと、グイードはマントを付けた軍服で心のままに急発進した。両手両足で風を切るフォームで、猪突猛進に執務室の扉へと向かう。

「お、おいコラ馬鹿！　待たんかグイード！」

ベルアーノは慌てて叫んだが、間に合わなかった。

感情が絡むと跳ね上がる馬鹿力で、グイードが力任せに扉を押し放った。それは轟音と共に、呆気なく外の廊下へ吹き飛んでいく。

ベルアーノは、その光景を目の当たりにして胃痛が再発した。そして彼は「また後処理が……」と呟きながら、その場に崩れ落ちたのだった。

二十一章　そうして勃発する、マリアの迷惑とロイドの災難

その同日。ちょうどグイードが、宰相室の扉を破壊した頃。

マリア達が不在のアーバンド侯爵邸では、使用人達の仕事もピークを過ぎて、のんびりとした空気が流れていた。

今は、午前中の休憩時間である。

一人のメイドが屋敷から出てきた。左手には、レースの施された上質な白い布がかけられた籠を提げている。

背は高くて、体系は細身ですらりとしていた。癖のある赤茶色の髪を結い上げ、淑女然と澄ました顔には、やや丸みのある眼鏡をかけている。

彼女は、――カレンである。

足首まで隠れるスカートの先からは、鉄仕込みで底に厚みがある軍仕様のブーツが覗いていた。だが歩く彼女は、その重さを全く感じさせない。

噴水の手前にあるベンチで、庭師マークが伐採用ハサミをそばに置いて休憩していた。中途半端に伸びた髪を後ろで小さく束ね、顎には剃り残しの鬚があった。

「あれ？　珍しいな。カレンが〝外〟に行くのか？」

彼がふと気付いて、垂れた目をカレンへ向けた。

「うふふ、旦那様からの〝おつかい〟なんですの」

カレンは、慎ましげに口元に手を当てて淑女の鑑のように微笑む。しかし、眼鏡の奥には、持ち前の勝気な性格と苛立ちゆえの闘気が滲んでいた。

「…………えぇと。また執事長関係か？」

「何が？」

「え。いや、何がって、すっごいピリピリした感じが出――」

「マーク、今すぐ回し蹴りを喰らいたい？」

強い声で言われて、マークはピタリと口をつぐんだ。お前に本気の回し蹴りを喰らったら、肉体的に脆弱な俺は死んでしまうのでは、と思った。

そういえば先日もマリアが、カレンから頼まれた質問を執事長フォレスにしていた。彼女は日々、勝負やら決闘やら挑んでいるし、本当にわけが分からない。

マークがアーバンド侯爵に拾われた時、カレンやマシューは既にここにいた。

だから、そこに至るまでに、カレンとフォレスの間に何があったのかは知らない。どうやら彼女を拾ったのが執事長で、彼に体術を習ったらしいとは聞いたけれど。

――とはいえ、とマークは考える。

滅多にない戦闘メイドの外出については、理由を察する事ができた。

昨日、料理長ガスパーから、『現在、戦闘メイドを臨時で貸している件で、銀色騎士団総隊長から連絡がきた』と聞いていたからである。

「コレが、その返答か――こりゃまた、旦那様もシンプルに出たなぁ」

どうやら、マリアやサリーに続いて、カレンも王宮に足を運ぶらしい。

そう他人事のように考えたところで、マークは相手の『銀色騎士団総隊長《ロイド・ファウスト》』に心の中で合掌した。

幸いなのは、カレンが戦闘メイドの中で唯一、体術を専門とした肉弾戦派の戦闘使用人である事だろうか。何より彼女は、生粋の殺人鬼でも暗殺者でもない。

マークが知る限り、カレンはアーバンド侯爵邸の戦闘使用人の中で、ただ一人、元々は表世界を生きていた普通の女の子だった。

エレナ侍女長やギース姉弟のような、特殊な一族の生まれでもない。殺しに疑問を抱かなかった者達や、ただ生きる糧として殺しを生業に選んだ自分とは違う――。

「――ま、いっか」

とりあえず、この人選だと抹殺ではないだろうし、と楽観する。

「というか、最近は内外共に騒がしいなぁ。マシューも昨日、旦那様から別件の調査まで入れられたって頭を抱えてたぜ」

「明日、王宮の方で有給を取って動く件よね？」

「俺も詳しくは知らねぇけど、日中に数ヶ所は回らないといけないみたいだな。明日はアルバート坊ちゃんも旦那様も〝仕事〟に出るってのに、そのタイミングでマシューが〝おつかい〟に行かされるのも珍しいよなぁ」

マシューは、状況に応じて判断し動ける人間だった。暗殺部隊の情報収集班に任せるよりも、彼一人に任せた方が仕事も早くて正確だ。

「もしかしたら、旦那様自身が早く知りたい何かがあるんじゃない？」

「まぁ、そうかもな。陛下から直接頼まれた事がある、とか？」

多分、そうかも、と二人の意見がそこで揃う。

マークは、そこで考えを終えた。ほぼ同年代の彼女に、へらりと笑って見せると調子良く見送りの礼を取った。

「足を止めさせて、すみませんでした。それじゃ、いってらっしゃいませ、カレン先輩」

「全く、こんな時だけ先輩扱いするんだから」

「出発の時間をあまり遅れさせたら、踵落としを喰らう可能性があるっしょ？　昨日もマシューに飛び蹴りされたばっかりなので、痛いのはちょっと勘弁っす」

その回答を受けて、カレンがきょとんとした。

「一体、何をして彼に飛び蹴りされたのよ？　マシュー、一番大人しい子なのに」

「別件の調査仕事で遠出するんなら、俺とマリアとギースの土産を買ってきて、と言っただけなんだけど」

「それが原因よ。馬鹿ねぇ、頭抱えている人になんて事を言うのよ」

「ついでに買ってくるくらい、いいじゃん？」

「だから、マークは空気が読めないってマーガレットに言われるのよ」

最近も聞かされた言葉を耳にして、マークは「うっ」と受けた痛みが蘇った。先日もマーガレットに埋められたのである。

「………あいつが〝母性のメイド〟だなんて、絶対に嘘だ……」

「何言ってんのよ。マーガレットは優しいわよ。ああ、私の事は別に気にしないで。自分の足で行くから、予定の時間に遅れる事はないわ」

カレンは、意識を切り替えるようにメイド服の襟とエプロンを整えた。淑女の表情を作り直すと、侯爵家のメイドとして相応しい口調に戻してこう言った。

「ちょっと王宮に行ってまいりますわ」

「はいよ。道中お気を付けて」

マークが軽く手を上げて応えた時には、一陣の風と共に、カレンの姿はなくなっていた。

一

アーシュが女性恐怖症を起こして倒れた後、護衛に付いていた近衛騎士が救護班を要請した。

駆け付けたのは、彼の幼馴染の例の救護班達だった。

マリアは、ルクシアと共に合掌して見守った。あっという間にアーシュの治療を終えた彼らは、嵐が去るかのように帰っていったのだが——。

コーヒーを淹れ直して数分後、唐突に勢いよく扉が開かれた。

「よっ、この前また騒ぎを起こしたんだってな！」

ノックもなしに入室してきたのは、グイードだった。師団長のマントが背中で大きく揺れ、開口一番の元気のいい声が室内に響き渡る。

その姿がパッと目に飛び込んできた瞬間、マリアは疲れた表情を浮かべていた。

「ニールに続いて、こいつもか……」

というか、なんで来たんだ？

そう困惑気味に思っていると、新たな訪問者を見たルクシアが、額に手をやって溜息をもらした。つい先程、アーシュの幼馴染の救護班達が騒がしく出て行ったばかりだ。

「今度は一体何事ですか」

アーシュも、ぐったりとしながらも警戒の表情だった。ただ、先程の〝激不味の気付け薬〟による心身のショックもあって、諦め気味に椅子に腰かけている。

「また、面倒なタイプが来た感じが……マリアの知り合いっぽいし、それでいてまた軍人だし……」

「そうですね、また軍人ですね……」

予定になかった訪問をしてきたこの騎士団の師団長が、今、この部屋に広がる光景を前に平然としているのが二人の警戒を煽ってもいた。

ルクシアとアーシュの目が、ぎこちなく作業用テーブル近くの床へ向く。そこではマリアが、ニールを片足で踏み付けながら縄で縛り上げているところだった。

その様子を、グイードが状況を推測するように呑気な顔で見つめていた。マリアも、彼を真顔でじっと見つめ返していた。

その時、彼女の足に押さえ付けられていたニールが、現状を忘れたように「あ、グイードさんだ」と、普段の明るい調子の声を出した。

「グイードさんお久し振りです！　またサボリっすか？」

「ははは、サボリだなんて人聞きの悪い事言うなよな〜。ここにお前らがいるって聞いて、ちょっと様子を見に来たんだよ」

「マジっすか。こうして会うのとか久し振りですし、嬉しいっす！」

喜ぶニールに対して、マリアは複雑な心境を表情に滲ませていた。その言葉を素直に受け止められないのは、これまでの経験のせいだろうか？

彼の場合、先輩として様子を見に来たというより、面白そうだと思ってただ突入してきただけの気がしてならない。

その時、グイードがマリアの方を向いた。

「マリアちゃん、この前はジーン達との初活動があったんだろ？　話は聞いてるけどさ、怪我とか本当になかった？」

女性を大事にする、グイードらしい気遣いが窺える台詞ではある。

だが、マリアとしてはまず、用もなく第三王子の仕事部屋に踏み込んで来るなと言いたかった。

いや、さすがにグイードも大人だ。社交上の知り合いや交友関係も広かったし、もしかしたら、元々ルクシアとは面識があって来たのかもしれない。

「この通り、怪我はありませんわ。ありがとうございます」

考えつつマリアは答えた。

そのやりとりを見届けたルクシアが、一度目頭を揉みほぐすと、先日ここへマリアが到着した時と同じ台詞をグイードに向かって言った。

「すみませんが、扉を閉めて頂けますか？」

「おっと。これは失礼致しました、殿下」

遅れて気付き、グイードが後ろ手で扉を閉めた。それから、軍人らしく片手を胸に当ててルクシアに軽く頭を下げる。

「申し遅れました。私は、銀色騎士団の第一師団長――」

「『殿下』はおやめください」

途端にルクシアが、刺々《とげとげ》しい声で台詞を遮った。

「ここにいる私は〝薬学研究棟の所長〟です」

「――なるほど。それでは、所長とお呼びするのもなんですから、親愛の気持ちを込めてルクシア様とお呼びしても？　俺の事は、どうぞグイードとお呼びください」

グイードが気を悪くする事もなく、にっこりと爽やかに笑いかけた。

あまり経験した事のない反応だったのか、ルクシアが少したじろいだ。グイードが「さてと」と言ってから、アーシュへ目を向けた。

「アーシュ君だろ？　話は総隊長からも聞いてるぜ、俺はグイードってんだ、よろしくな」

「は？　え、あの、俺は文官のアーシュ・ファイマーです。どうぞよろしく……？」

随分と砕けた挨拶をされたアーシュが、戸惑いながら上官へ自己紹介を返した。グイードはのんびりとした様子で、慣れたように室内を移動し始める。

マリアは、彼がルクシアと顔見知りでなかったと分かった時点で、丹念に目頭を揉み解しにかかっていた。こいつは、相変わらずだなと心底呆れていた。

「ところでさ、気になったんだけど」

歩み寄ったグイードが、ようやく疑問らしき言葉を口にして、マリアとニールを見下ろした。

「ニール、お前、今度は何したんだ？」

「俺が悪いの前提なんすか⁉　ひどいっすよグイードさん！」

「だってお前、女心をちっとも分かってねぇんだもんよ。そこはヴァンレットと似たりよったりだぜ。んで、何があったんだよ？」

グイードに改めて問いかけられたニールが、「ん？」と疑問顔で黙り込んだ。しばし思案する彼を、マリアとグイードはじっと見守る。

「ねぇお嬢ちゃん。俺、なんでお嬢ちゃんに縛り上げられているんだっけ？」

おい、そこで質問の目を寄越してくるんじゃない。

マリアは、こちらを見上げている反省のない彼を睨み付けた。救護班が到着した時も思い付くままに喋り続けて邪魔していたので、本気で部屋の外に捨ててこようと思って縛り上げていたところだったのだ。

ニールの返答を聞いて、グイードは「ふうん？」と首を捻った。

「そもそも理由も分からないのに、お前が大人しく縛られているのも珍しいよなぁ」

ニールは、あのロイド相手でさえ得意の縄抜けをする。彼が『逃げた後が超怖い』と大人しく縛られていた人物は、一番に尊敬もしていた一人の男くらいなもので――。

その時、マリアを見上げていたニールが、やっぱり考えても分からないし、なんで睨み付けてくるんだろう、という表情で首を傾げた。

「お嬢ちゃんどうしたの？　というかさ、この角度からだと太腿の際どいところまで見えそうなんだけど、俺、胸もないような子供のは興味ないから、そんなサービスいらな――って痛い痛い痛いッなんで縛る作業を再開すんの⁉」

「よし、このまま外にダイブするか」

「えぇぇぇぇぇぇ⁉　俺だけ仲間外れにするの⁉　そんなの俺が可哀そうすぎるよ！　お願いだから外に捨てないでッ」

そう切々と訴えるニールの情けない悲鳴に、グイードが思い返すような表情で顎の辺りをさする。

「どこかで聞いた覚えがある台詞だなぁ……。ま、いっか。女の子のスカートの方が大事だしな」

そう一人で結論を出すと、彼はマリアへ向き直った。

「ニールが本気で泣きそうになってるし、マリアちゃんもその物騒な太い縄から手を離してさ、そろそろ足を下ろしてあげようぜ？」

「さっすがグイードさん！　超優しいっす！　――あ。そういえば前に飲み会があったって聞いたんですけど、俺参加できなかったんで、今度奢ってください」

「調子に乗るな」

マリアとグイードは、ぴしゃりと声を揃えてそう言った。縄でぐるぐるに縛られた状態で、ニールが残念がって深い溜息をもらした。

「飲み会、参加したかったなぁ……あの時、俺、まだ王都に戻ってなかった」

「どうせまた今度やるって。ああ、俺がやっておくから、マリアちゃんはいいぜ」

女性に優しいグイードが、そう言って一人しゃがみ込んで縄解き作業を開始する。マリアは昔から知っている彼の性格を考えて、素直に任せる事にして見守った。

慣れた手付きで、あっという間にニールの縄が解《ほど》かれた。

「そういや、予備の椅子ってねぇの？」

改めて室内を見渡したグイードが、そんな事を言ってきた。

お前、もしかして居座る気か？

マリアはいきなりの訪問に加えて、彼の自由人っぷりに片頬が引き攣りかけた。ルクシアとアーシュも、出会ったばかりの男を「え」と見やる。

すると、辺りをざっと見渡したグイードと、ようやく椅子に腰を落ち着けたニールの目がパチリと合った。

「これは俺の椅子です！　お嬢ちゃんの隣は譲らねぇっすッ」

ニールがすかさず断言した。彼はアーシュと反対側のマリアの隣に、テーブルの角からやや足をはみ出す位置に無理やり椅子を置いていた。

その状況を確認したグイードが、「おいおい」と呆れたように言って、親指でルクシアの方を差した。

「ルクシア様の隣がガラ空きだろ。俺より小さいんだし、お前ならルクシア様も窮屈にならない。ここは、マリアちゃんの隣を大先輩に譲ろうぜ、ニール」

「嫌っス！　後輩に遠慮してくださいよ」

何故か、彼らが一つの席を巡って言い合っている。

マリア達は、唐突に目の前で始まった会話がよく理解できなかった。一体どういう状況なのかと、言葉を投げ合う二人に視線を往復させる。

「アーシュ君の向こうか、俺の隣、どっちかですよ」

「どっちに置いても、俺が確実にはみ出るじゃん」

「へっへーん。ここは早いもん勝ちっす！　お嬢ちゃんの隣は俺がゲットしたもんね！」

ニールが、鼻先を得意げに指で擦った。

マリア達はそのやりとりを聞きながら、この作業台で「一対四」というアンバランスな椅子の配置を思い浮かべた。

……サイドスペースは空いているのにな、と疑問だった。

慣れない複数の人間の訪問もあってか、ルクシアは疲労感を漂わせていた。溜息をもらすと、頬杖をついてこそっとマリア達に言う。

「実に騒がしい二人組です。師団長の彼は、一体何をしに来たのですかね？」

「俺としては、とくに用件もなく仕事を抜け出してきた自由人のようにも感じます」

「まさにアーシュの指摘通りじゃないかしらね」

その時、グイードの目が真っすぐマリアへ向いた。

こちらの話を、聞かれてしまったのだろうか。揃って咄嗟にぴたりと口をつぐんでいると、全くその様子もなく彼が問いかけてきた。

「マリアちゃん、これから何すんの？」

「は？　何をするのかと訊かれましても……いつも通りですけれど？　ルクシア様が研究に戻る前に、予約していた本を一緒に受け取りに行くくらいでしょうか」

「それだけ？　他には？」

「他？　いえ、とくには……」

その途端、グイードが「え〜」と残念そうな表情を浮かべた。

「仕事以外の事は、何も決まってないのか？」

「仕事に来ているのですから、仕事以外の用を入れる方がおかしいかと」

真顔でぴしゃりと指摘した。アーシュが「真顔で瞳孔開くのやめろよ……」と気圧されながら彼女に言うが、グイードは全く気に留めていなかった。

「七不思議の探索とか、気晴らしにそのへんを歩くとかも？」

当たり前だろ、遊びに来てるわけじゃないんだぞ。

マリアは、もう少しのところで本来の口調でそう言いそうになった。

臨時班としては待機中だが、こちらには引き続きルクシアの護衛兼手伝いとして来ているのだ。相変わらずのグイードには、顔面が引き攣りそうになる。

その様子をニールが、椅子に座って眺めていた。途切れた会話のタイミングで、考え事を終了したみたいに一つ頷くと、嫌味を感じさせない眼差しで思った事を口にする。

「やっぱりサボりじゃないっすか」

ルクシアとアーシュは、なんとも言えない表情だ。グイードはかけられた言葉も聞いていない様子で、既に椅子の代わりを探して辺りを見回していた。

ふと、彼の目が一つの場所に留まる。

「これ、なんの箱なんだ？」

「届いていた研究材料の一つが入っていたものみたいですわ――」

「おっ、結構頑丈そう」

マリアの説明も半ば、グイードがそう言いながら、その大きめの木箱を引き寄せてニールの席の隣まで押して移動した。

その時、不意に彼が「あ！」と突然大声を出した。

軍人特有の大きな強い声を聞いて、ルクシアが小さく飛び上がった。アーシュも慣れない様子でビクリと肩を揺らす中、マリアは嫌な予感がしていよいよ口元を引き攣らせた。

「おい、グイードまさか――」

思わず、素の口調でそう言い掛けた。しかし、それよりも先にグイードが素早く木箱に腰かけてテーブルへ身を乗り出し、やけにキラキラと輝く目でこう切り出す。

「そうだった！　聞いてくれよ～、ウチの可愛いルルーシアちゃんの寝顔がさぁ、もう最高でサイコーで！」

途端に、グイードのマシンガントークが始まった。

マリアは、だらしなく眉尻を下げて喋り続ける友人を前に、目頭を押さえた。こらえるように揉みほぐしながら「ぐぅ」と呻く。

こうなってしまったら、奴の話を途中で終了させるのは不可能だ。満足するまで、こちらの話も聞かないだろう事は、これまでの経験で分かっていた。

アーシュが、ポカンと口を開けている。ルクシアも同じ表情で、ややずれ落ちた大きな眼鏡を押し上げ、グイードの娘愛が強い話しっぷりを見つめていた。

続く彼のお喋りは止まらない。

こちらがドン引く勢いで喋りまくっていて、誰も止められそうになかった。そんな中、ニールがマリアの肩をつついて耳打ちしてきた。

「ねぇねぇ、お嬢ちゃん。ルクシア様とアーシュ君、なんで口開けてんの？　虫が入るんじゃね？」

おい、お前はもう少し空気を読め。

こんな迷惑極まりない軍人《ヤロー》と接する機会がないせいで、若い彼らは余計に混乱しているのだ。マリアがそう思っていると、ニールが「よしきた」と全く伝わっていない様子で半ば腰を上げる。

「ねぇ二人とも、そのまま口開けてたら虫が入る――痛ったぁ！」

本人達に「虫が入るよ」と告げようとしたニールを見て、マリアはすかさず、テーブルの下にある彼の足を思い切り踏み付けて黙らせた。

気付いたアーシュが、ようやく固まっていた状態を解いた。ゆっくりとながら動き出して、マリアの方へ困惑した顔を向ける。

「………あのさ、このおっさんが言ってる『ルルーシア』って、そもそも誰だ？」

「グイードさんの娘なの」

「つまり親バカ……？」

アーシュが、納得も半分といった様子で、一度グイードへと目を戻す。

「いや、そもそもなんで唐突に娘の話が始まるんだよ」

「……うん、なんかごめんね」

再びパッと視線を向けられたマリアは、いつもこうなんだよ、と言ってしまいたい気持ちをこらえて丹念に目頭を揉み解していた。

十五歳から二十歳までの三人から向けられる、微妙な空気を漂わせる視線にも気付かずにグイードは喋り続けた。

とにかく彼は、娘の寝顔が可愛かったのだと主張した。その愛らしさについて長々と語ると、最近あった娘との別の話へ飛び、そしてまた寝顔の話に戻った。

「なぁニール、お前も可愛いと思うだろ？　ほんと、ルルーシアちゃんは目元が俺に似てて、そのうえ俺の最愛の嫁アリーシアちゃんにそっくり！」

「あははは。俺、アリーシアさんの凶暴なとこしか見てないんで分からないっス！　ものすごくツンとしているというのは聞いてますけど」

ニールは笑顔で正直に答える。しかしグイードは、聞いているのかいないのか、自分勝手に「照れ屋さんなんだよ」と満足げに相槌を打っている。

なかなか終わりが見えない様子を察して、アーシュがこそっと指を動かして『ちょっと耳貸せ』と合図してきた。マリアとルクシアと、三人でテーブル越しに顔を寄せ合ったところで言う。

「お前さ、あの師団長とも任務関係で顔見知り、って事でいいんだよな？　これ、いつになったら終わるんだ？」

「満足するまで、かな……？」

「なんで疑問形なんだ？」

「私としては終わらない気がしてきましたので、いっその事〝宰相の伝言係の彼〟に任せてしまって、お二人で一緒に帰って頂く、というのはどうでしょうか」

「なるほど、ニールさん共々追い出す作戦ですね」

マリアは、ルクシアの意見に深く頷いた。そのやり方だと、ニールの件も一気に解決できて一番手っ取り早そうだ。

「ルクシア様、私、なんだかそれでいけそうな気がしてきました」

そう答えた途端、ニールが素早く反応して「えぇぇぇぇぇ⁉」と叫んで、話し合いの輪に加わってきた。

「お嬢ちゃんッ、他に予定もない俺を追い出すとかひどくない⁉」

「ニールさん、あなた大臣様のお仕事をちゃんと手伝っておられるんですか？」

迫られたマリアは、元上司として心配になった。アーシュが「他に予定もないんだ……」と口の中で呟いている。

その時、グイードの話がピタリと途切れた。

いきなり静かになったのに気付いて、マリア達も「なんだ？」と会話をやめた。目を向けてみると、そこにはハタと我に返ったように瞬きしている彼がいた。

全員が口を閉じて見守る中、グイードがニールを見た。続いてマリアを見て、アーシュを確認し、それから最後に十五歳のルクシアに目を留める。

そこでグイードが、閃いたというように掌に拳を落とした。

「ルクシア様、王宮の【隠された絵画】をご存知ですか？」

唐突に問われたルクシアが、人見知りの気もあって戸惑い気味に距離を置く。

「いえ、そういう話は聞いた事がありませんが……それが、何か？」

「実はですね。あなたのお父上が結婚される前の絵姿の事なんです。それがこの王宮の複数箇所に、こっそりと飾られているのですが、見た事はありませんか？」

「結婚前の、ですか？　いいえ」

外で学ぶようになってからは、とくに王宮を不在とする事が多かったせいだろう。ルクシアは、飾られている絵を全部は知らないという表情だった。

人間嫌いだと言われているくらい人との交流も少ないようだから、もしかしたら、ここに通う誰もが知っている【王宮の七不思議】も知らないのかもしれない。

——ああ、でもそうか、とマリアは少し思ってしまった。

当時あった七不思議に加え、今は【隠された絵画】というのが王宮内にはあるのか。基本的には、現在の姿が描かれた物を飾るのが一般的だが、国王である彼は若い頃の絵姿も飾っているらしい。

思えば、あれから十六年が過ぎた。

国王陛下であるアヴェインも、歳相応に落ち着いただろうか？

マリアは想像してみたものの、彼が他国の王のように容姿的にも貫禄を漂わせている姿はうまく思い描けなかった。今でも「クソつまらん」とか「今日飲むぞ」とか「よし許可する、勝手にやって来い」と言っている姿ばかりが脳裏に浮かんだ。

つい、個人的な事を考えていると、グイードが手を叩く音が耳に入った。目を向けると、彼がルクシアに提案していた。

「なら、今から見に行きませんか？」

「え？　今から、ですか……？」

「だってルクシア様、見た事がないんでしょう？　そのうちの一枚は、ここから近い場所にあるんですよ。お時間もそれほど取らせませんから、俺がさくっと案内しますよ」

確かに、ルクシアを思えば、悪くない提案だ。

だがそれは、職務規定に従ってデスクワークをしている人間には馴染みのない、普段から外を出歩いている軍人ならではの発想だ。

ルクシアとアーシュは、唖然として言葉も出ない様子だった。その反応からは、またこいつは突然何を言い出すんだ、という彼らの心境が見て取れた。

「それいいっスね。見た事がないんだったら、本を取りに行くついでに見に行くのもありなんじゃやね？」

ニールが、グイードの意見に賛成して調子良く相槌を打つ。

マリアはどちらとも判断が付けられなくて、どうしたもんかと小さく息を吐いた。ルクシア達があまりにも困惑しているので、困った顔でグイードに告げる。

「グイードさん、それ、露骨に遊ぼうって言ってますよね？　ついでに立ち寄るという形を取るにしても、つまるところは、やっぱり〝サボり〟ですよ」

「ははは、大丈夫だって。さくっと見るだけだし、時間がきたら仕事に戻るから」

なるほど、こいつは午前中に、ロイド関係の仕事の予定でもあるらしい。

マリアは、素直に〝仕事に戻る宣言〟をした彼を前に、オブライトだった頃の記憶からそう察した。それ以外の仕事も真面目にこなしてやれよと、彼の可哀そうな部下か同僚を思った。

するとグイードが立ち上がってルクシアを促した。

「ルクシア様、気晴らしも時には必要ですよ。ずっと眉間に皺を寄せて仕事ばかりしていたら、進む物も時に進まなくなったりするもんです」

「いえ、しかし私は――」

「メリハリを付けた方が頭の柔軟性もアップするし、その分仕事もはかどりますよ。陛下だって、忙しい時こそ結構な頻度で出歩いてますし」

例の毒の研究が始まってから、ルクシアは気を張ってそちらばかりに集中しているところがあった。

先日も、それで気晴らしにと思って馬を見させに行ったのだ。

自分の居場所なのに、王宮の事を知らないでいるルクシア。だから、彼に息抜きさせようというグイードの提案には、マリアも悪くないと思った。

ここは、同じく〝机仕事〟を知っている者の意見を聞いてみよう。

マリアは、どう思う？　と隣のアーシュにチラリと目配せした。質問を察した彼が、数秒ほど思案する。

「まぁ、考えてみれば悪くない提案ではあるよな。宰相様と長く話し合った後は、落ち着かない様子だったけど、馬を見に行ってからは調子も戻ったみたいだったし……」

アーシュも前向きに検討している風だった。考えをまとめるようにそう呟いたかと思うと、マリア達が見守る中、「よしっ」と意気込んでルクシアに向き直った。

「ルクシア様、せっかくなので誘いに乗ってみませんか？　出るついでに、予約していなかった方の論文の資料本も、一緒に見繕って頂けると助かります」

「え、本？　ああ、昨日追加で要請が来ていた論文ですか」

「本の量があっても大丈夫ですよ、ルクシア様！　私とアーシュで分担して運びますから、任せてください！」

アーシュに便乗する形で、マリアは元気良く挙手してそう告げた。ルクシアが渋りつつも、新たな論文の件もあってか「そうですね」と顎に手を当てて思案する。

グイードは、アーシュとマリアを順に見て「くくっ」と笑った。気付いたニールが目を向けて問う。

「なんすか？　どうしたんですかグイードさん？」

「いんや？　ロイドが引き込んだと聞いた時は、どうなるかとも思ったけど。マリアちゃん達は年齢も近いし、なかなかいい関係を築けているんだなぁ」

「アーシュ君、ルクシア様とお揃いの格好するくらい仲いいっぽいですよね！」

「……お前さ、せめて心を許しているとか、そういう見解はできないのか？」

その時、ルクシアが溜息交じりに「仕方ないですね」と了承の意を示した。

やったぜ、とマリアとアーシュは見合ってニッと笑った。グイードは、ルクシアへと目を戻してにっこりとする。

「決まったみたいですね。それでは〝行く〟という事でよろしいでしょうか？」

「そういう事になりますかね……」

決定事項とばかりに確認され、ルクシアは諦めたようにそう答えた。立ち上がった彼の華奢な足元で、長い白衣の裾が僅かに床をこする。

その様子を、グイードが物珍しそうに眺めて顎に手を当てた。

「それ、大人サイズじゃね？」

そう、彼が疑問を呟く。

そこでマリアは、少女らしい愛想たっぷりの笑顔を作ると、キラキラと爽やかな表情でニールを振り返った。

「じゃ、ニールさんはお留守番ですわね」

「え？　――えぇぇぇぇ!?　うっそ、なんでこの流れで〝お留守番〟なの!?」

ニールが、咄嗟に助けを求めてグイードへ顔を向けた。外側へとはねた特徴的な淡い赤毛が、動きに合わせてぴょんと揺れた。

目が合ったグイードが、しばし考える間を置いてから、首を傾けて言った。

「そっか。んじゃ〝お留守番〟頑張れ？」

「グイードさんひどい！　フォローしてくれてもいいでしょう!?」

「ははは、落ち着けってニール。ちょっとした軽いジョークなんだからさ、マジ泣きするなよ」

笑うグイードの言葉は、彼の耳に届いていなかったようだ。ニールが続けて「お嬢ちゃんッ」と情けない涙目でマリアを見た。

「俺も付いて行っていいよねッ？　ねぇお願い付いて行ってもいいでしょ⁉　一人でお留守番とか寂しすぎるよ！　良い子にしてるからあああああっ」

その様子はオブライトだった頃に「付いていっていいですか？」と、せがんできた光景をマリアに思い出させた。

彼女が目を丸くしている間も、ニールは泣きそうな顔で必死に主張していた。それを見たグイードが噴き出して、腹を抱えてゲラゲラ笑い出す。

「あっはははは！　ニール、マリアちゃん相手にまるで子供みたいな台詞だな！」

室内に響き渡る大笑いと、涙声の温度差が凄い。

大人が本気で子供に頼み込んでいる構図も強烈な印象で、ルクシアとアーシュはドン引いていた。

そんな彼にお願いされている当のマリアは、ニールの反応が予想外で驚いていた。彼の事だから、どうせメイドの少女である自分の言う事なんて聞かず、勝手に付いてくるだろうと思っていたのだ。

『俺の上司は〝隊長〟と〝副隊長〟だけです。よその説教とか聞かねぇっす、勝手に付いて行くんで』

当時、ニールは騎馬隊の将軍だったグイードやレイモンドにも、そう堂々と言ってのけるような問題児だった。オブライトやジーン以外の指示は、なかなか聞き入れなくて。

それなのに、ニールは〝マリア〟の発言を真正面から受け止めている。

彼は、王宮のメイドの胸の高さを、下からチェックしたがるようなチカン野郎だ。でもグイードがいれば、それも控えるだろうと思い、マリアは彼を同行させるつもりだったのだ。

何故なら昔、ニールはグイードから「それは女性にやっちゃダメだろ」「アリーシアちゃんにやったらぶっ殺すぞ！」と投げ飛ばされてもいたから。

十五歳のルクシアがいるので、念のため事前に注意しておこう。その前置きとして、マリアは『お留守番ですわね』と軽く冗談を投げただけのつもりだった。

だが、まさかの想定外の〝マジ泣き〟という反応である。

マリアは、肩から力を抜いて小さく息を吐いた。

「ニールさん、外で大人しくできるのなら付いてきてもいいんですよ」

「本当⁉　俺、いい子で大人しくしてるから大丈夫！」

ニールが、即、挙手して凛々しく主張する。それを見ているルクシアとアーシュは、こいつ一体何歳なんだろう、と困惑していた。

こういうところも、昔と変わらずそのままだなぁ。

つい、懐かしさが込み上げて、マリアは素で小さく苦笑してしまった。まったく、仕方のない奴だ。

「ルクシア様の前で、他のメイドに迷惑をかけるようなチカン行為はしないように」

すると、ニールが突然静かになった。

その目が、ゆっくりと見開かれていく。もう話は済んだらしいとグイードは既に歩き出していて、その後ろにルクシアとアーシュが続いていた。

だが、ニールは微動だにしないまま、こちらをじっと見つめてくる。そんな彼の表情は珍しくて、マリアは不思議に思って首を捻った。

「どうしたんですか、ニールさん?」

「えっ。あ、その……なんでもない」

ニールが、ぎこちなく、ゆっくりと視線を落としていく。

グイードが、気付いて「どうした?」と声を投げかけてくる。ルクシアも訝しげに振り返り、アーシュが顰め面でマリアを呼んだ。

「何やってんだ。早く行こうぜ」

そう促されたマリアは、ニールの手を取った。握った手を引っ張ると、ぼんやりしていたのか、彼は抵抗せず足を進め始める。

「ほら、行きますわよ」

声をかけたら、ニールがのろのろと顔を上げて見つめ返してきた。まるで胸が締め付けられたみたいな、それでいて思い出せない何かを手繰り寄せようとしているような、なんだかとても珍しい表情になっている。

もしかしたら、さっきのチカン行為の注意が効いているのだろうか？

「しばらく、引っ張ってあげますわ」

ちょっと悪い事をしたなと思って、マリアは励ますべくそう提案した。すると悩んでいた何かを忘れたのか、ニールが鼻を擦って少し嬉しそうに笑った。

「なんか、お嬢ちゃんが俺に〝甘い〟」

「気のせいですわ」

「へへっ、なんだか、ヴァンレットになった気分だ」

ニールは、マリアに付いて行くべく、今度は自分の足でしっかり歩き出した。扉のところで待っていたグイードが「んじゃ、行くか」と案内を始めた。

※※※

予定がギッシリ詰まっている。

書類も膨大にあるとか、もう執務机の上を見たくない。

同時刻、大臣の執務室にて、ジーンのテンションは地の底に沈んでいた。早朝にスケジュールを見た時、彼は「またかよ」と頭を抱えてしまった。

何これ、というくらいに各会談が集中している気がする。それでいて、この書類作業の量……誰かが仕組んだささやかな仕返しだったりしたら、多分、笑えない。

――というか、それをやってのけるドS野郎は、一人しか思い浮かばないでもいる。

ジーンは、時間短縮のために、次の人物との会談内容を読み上げている部下を見た。それから、目を動かして室内にいる者達を確認する。

急ぎの確認待ちの案件を抱えた部下が五人、お伺い立てが三人、仕事の伝言、それから大臣の印が今すぐ必要な書類を待った奴が二人――。

そこで、彼は現実逃避のように数えていたのをやめた。かえって精神力が削られたような気がして、長椅子に背中を預ける。

「なんだかなぁ」

綺麗に鬚が剃られた顎を撫で、思わず吐息交じりに呟いた。無精鬚がなくなり、その風貌はかなり清潔感が増して若返って見える。

ゆったりと作られた豪勢な衣装が、重くて鬱陶しい。

会談と謁見、会議の出席のたびに身なりを整え直されるのも面倒過ぎる。――この純正の装飾品とか、武器になりそうにもないので全部取ってしまいたい。

「大臣様、聞いておりますか？」

「あ〜、はいはい。聞いてる聞いてる」

自分よりも一回りほど年上の部下に、片手を振って投げやりに答えた。

その時、ジーンは不意に野生的な勘でハッとした。ピーンと来るものを感じて、勢い良く長椅子から立ち上がる。

「なんか、今、俺を除け者にして、親友が誰かと散歩に出た気がする……！」

すげぇ出歩きたい。もしくは訓練場に突入して剣を振り回すでもいいし、面白い何かが起こっているかもしれないところを覗きに行くのでもいい。

ジーンは、ここ数日でもう色々と限界だった。

臨時班で現場の下見をして以降、ハーパーの件や毒の件やらで参謀のごとく働き続け、大臣としての職務もフル活動でこなし続けている。

――つまり〝大臣モード〟も飽きたので、ちょっと休憩したい。

そんなジーンがガバッと起立するのを見て、会談の詳細について読み上げていた男が「ひぇっ」と顔色を悪くした。慌てて、近くにいた仲間達に応援要請すべく指示を出した。

「みんなッ、大臣様を押さえろ！」

また、大窓から飛び出されたりしたら厄介だ。上位役職の男達が、予測された行動を止めるべく一斉に飛びかかる。しかし、五人の中年男達がしがみ付いても、やや痩せ型の長身であるジーンの体が沈む事はない。

五人分の体重をかけられているにもかかわらず、ジーンが一歩を踏み出した。それを見た三十代の若手の部下達も走り寄って、逃亡阻止の加勢に加わった。

「やめてください大臣！　先日、いきなり半日の休暇を取っていなくなられて、こっちは大変迷惑しているんですから！」

「次の会談は短い時間で終わりますから、お願いですから耐えてくださいっ」

「その後にでもコーヒー休憩を入れましょう！　ついでに菓子も持ってこさせますから！」

そこでジーンは、そう発言した年上の部下を見て顔を顰めた。

「休憩つったってアレじゃん、コーヒー片手に書類チェックだろ？」

あんなのは休憩とはいわん。

休めるどころか、己が可哀そうすぎて、涙で目が霞むわ。

忙しいからって、休憩がたったそれだけとかジーンには考えられない。それを日々、当然のようにやっているロイドが、どれだけクソ真面目な仕事バカなのかがよく分かる。

そう考えたところで、ジーンはまたしても〝野生の勘〟が働くのを感じた。

「ん？　見に行きたくてうずうずするこの感じ、なんか、ロイドのところでも面白い事が起こる気がするなぁ」

そう独り言を呟きながらも、ジーンの体は、修理されたばかりの大窓へと向いていた。

それを見た男達が、またしても情けない悲鳴を上げる。

「やめてッ、行かないで大臣様！」

「お願いだから仕事して！」

「これ、今やれるの大臣様しかいないんです！」

悲痛な叫びである。なんでこの大臣は、色々と野生動物並みの行動力の持ち主なのだろう？　と部下達は、同じ思いを胸に抱いて泣いていた。

彼らは、とにかく全員で必死にジーンにしがみ付きながら「お願い逃亡するのはやめてええええ！」と心の底からの叫びを上げた。

※※※

薬学研究棟を出たマリア達は、王宮の建物内を進んでいた。

次にさしかかった廊下でも、居合わせた人達がチラチラと目を向けてきていた。その視線の先には、日中、出歩いているルクシアの姿がある。

「第三王子だ……」

「珍しいな。引きこもりで人間嫌いの〝毒王子〟だろ？」

ひそひそと、周囲で言葉が交わされている。

ルクシアは慣れているのか、そちらに目を向ける様子も見せなかった。大人びた表情で、サイズの合わない大きな白衣の裾を揺らして堂々と歩く。

マリアとアーシュは、彼を間に挟む形で歩調を合わせて歩いていた。そんな三人に付いて行くように、その少し後ろでニールが陽気に足を進めている。

グイードを先頭にした五人は、王宮関係者の仕事用の通路へと入った。

その通路は、三人が横一列で並べるくらいの幅だった。ガラスもはめられていない窓から差し込む光が、人の気配も少なく静かなそこをひっそりと照らしている。

「そもそも、どうして父上の若き頃の絵姿が隠されているのですか？」

二人の男性使用人が通り過ぎたところで、ふと、ルクシアが前を歩くグイードの後頭部へ言葉を投げた。

「私は他国に留学した際、王城等も見る機会がありましたが、王の絵姿は年代ごとに飾られたりしていました。父上の場合、数が少ないというのには、理由でもあるのですか？」

絵姿は結構描かれていたように思うが、とマリアは当時を振り返った。

結婚前、そして結婚後はとくによく王宮に絵師が呼ばれていた。着飾ったアヴェインがポーズを取っているそばで、彼と話していたものである。

するとグイードが、時間を稼ぐように「うーん」と頭をかいた。

「いえ、まぁ、政治的な算段もあってきちんと描かれていましたよ。国王としての威厳を示す〝材料〟として絵姿は有効ですから」

「でも、考えてみれば私は、父上が結婚する前の絵姿を拝見した事がありません。目に付かない場所に飾る必要でもあったのですか？」

「うーん……結婚前というか、十六年前の絵は全部、みんなで見えない位置に飾り直したというか……あっ、いえ。あなたのお父上は、容姿もあまり変わりませんからね」

ぼそりと呟いたグイードが、言葉の前半が聞こえなかったらしいマリアやルクシア、アーシュの訝しそうな視線を受けて、慌てて取り繕った。

「それに、我が国の王城は他国と違い、大型公共施設も併設した、大勢の人間が出入りできる大規模な造りになっています。国民のためを考えて敷地の一部を〝公共区〟として提供。陛下が個人所有しているのは、一応王族区のみとされていますし、恐らく家臣や民の事を考えられているのでしょう！」

がーっと喋られたので、マリア達はポカンと聞いているしかなかった。話す勢いに押されて、質問に対して回答されたのかどうかも分からなくなる。

その時、会話が途切れたタイミングでニールが言った。

「グイードさん、俺、結婚する前の陛下はあまり知らないんですけど、どうせ今と同じ感じでしょ？」

「まぁ、容姿はともかく、雰囲気は少し落ち着いて変わったぜ？　祝辞の場でいきなり『お前、隊長をやれ』なんていう事も、結婚したあとはやってないし」

「あっ、それ隊長のやつっすよね⁉」

ピンときた様子で、ニールが嬉しそうな顔をする。

「俺、先輩達からもよく聞きました！　ジーンさんなんて、しょっちゅう大爆笑で語ってましたよ」

「おいおい、ニール。あいつが発端みたいなもんだからな？」

やりとりを聞きながら、そんな事もあったなとマリアは遠い目をした。

あれは、黒騎士部隊や騎士団だけでなく、家臣や国民を含む大勢の人間がいる前での事だった。初めて顔を合わせた場で、アヴェインが言った台詞である。

『なぁ、俺さ、こいつを隊長にしようと思うんだけど』

あの時、祝いの言葉が終わってすぐ、まずはジーンがそう発言した。突然の事に場が騒然とする中、それを聞いた国王陛下アヴェインが、面白そうだという顔をした。

『今回の国境沿いでの活躍は、確かに相当凄かったとは聞いている。お前がそこまで考えて、こうして言わせるほどの男なのか？』

『俺の命を全部預けてもいい。黒騎士部隊の全員が賛成してる』

『よし。なら、お前、隊長をやれ』

『え。はあああああ!? たった数秒で重要な事を何さらっと決めてんだ阿呆! 俺はそんなこと初耳だし、やるなんて一言も言ってな――ぐぇっ』

『あっはっはっ! 国王であるアヴェインに対して「阿呆」ときたか! さっすが親友!』

『ちょ、ジーン邪魔するな。この王様を説得するっ』

『させねぇよ~。んじゃ、俺が副隊長って事で。また後でな、アヴェイン』

ジーンがそう答えて、国王との初の顔合わせはそこで終了となった。

オブライトは、一体なんの冗談かと思った。しかし、国王の発言によってその場で決定となってしまい、その日から「隊長」と呼ばれる事になったのである。

そうマリアが思い返していると、アーシュが肩越しに後ろのニールを見やって言った。

「こいつ、やっぱり軍人なのか……」

「大臣の護衛、という感じでもなさそうなので関係性がよく分かりませんね。この師団長も、父上とはそれなりに付き合いが長いようですし」

こそっとルクシアが本心を述べるのを、マリアは悩ましげに聞いていた。話せば長くなるし、それを自分が答えるわけにもいかない……黙っているしかなかった。

仕事用の通路を使って近道をすると、ほどなくして役職勤めの人間が多く出入りしている公共区の一角に出た。

そこは、円系状の広間のようにぽっかりと開けていた。有名な彫刻や絵画などが展示されており、壁や柱には金の装飾も混じっていて品がある。

「こっちだ」

辺りを見回すマリア達に声を掛けて、グイードが大きな絵画がいくつか飾られている方へ向かった。大きな支柱の後ろに回ると、陰になったその場所の壁に掛けられていた一枚の分厚いカーテンをめくった。

そこには、玉座にゆったりと腰掛けて不敵に微笑む美青年の絵姿があった。淡く輝くような癖のない金髪。宝石のような色合いをした金緑色の目は、強さと知性を感じさせる。

――二十三歳だった頃の、国王陛下アヴェインの姿だった。

自分が十九歳で出会った時の彼だ。まさにこの絵が描かれていた際、自分《オブライト》は待ちながら話をしていたのだったと、マリアは懐かしく思い出した。

グイードが手招きする。ルクシアが少し歩み寄って、その絵をじっと見上げた。やや後ろで、アーシュが足を止めて遠慮がちに眺めやっていた。

「やっぱりさ、今と大して変わらなくね？」

マリアの横に立ったニールが、首を捻って率直な感想を呟く。

皆がしばし眺めたところを見計らったグイードが、気さくそうな笑みを浮かべて、自分よりもかなり下にある第三王子――友人アヴェインの三番目の息子を見た。

「いい笑顔でしょう。あなたが知る、今の父上の容姿よりも少し幼さもあるかと」

「そうですね」

ルクシアは、感心があるのかないのか分からない調子の声で答える。

その冷静な反応を横目に、グイードが少し考えた。

「ふむ。ルクシア様、一つこの絵姿が描かれた時のエピソードを話しましょうか。実はですね、この時、俺の相棒と後輩がひどい目に遭っていました」

「酷い目……ですか？」

「はい。よく一緒にいる事の多かったポルペオという男がいるのですが、彼をきっかけに俺の相棒と後輩を含めたメンバーが巻き込まれて、気付くとそれぞれの所属別で戦力比べの大乱闘が始まってしまいまして。絵師が『いつ巻き込まれるか』と真っ青になっていました。おかげで陛下は、ここ一番の楽しそうな笑みでしたが」

グイードは、爽やかな笑顔でさらりと語った。

「いやぁ、改めて思い返しても凄いですね。俺と友人は大爆笑だったのに、陛下はご覧の通りこの微笑みようだったんですから！　はっはっは、俺にはとても真似出来ません」

「…………それは、あまり聞きたくなかったですね……」

話を聞いても状況が分からない。詳細について訊き返さなかったルクシアは、しかし当時の空気感を察した表情で目をそらした。

あいつの性格上、仕方ないよなぁ。

マリアは、大騒ぎになった当時の状況を思い返した。唐突に真剣試合が始まった際、アヴェインは泣き訴える家臣の悲鳴もなんのその、「構わん、許す」と言って、オブライト達の抜刀を止めなかったのだ。

あの時、絵師は極限状態に追い込まれたからか、今までにない速さで、かつてないほどの素晴らしい絵を仕上げる、という偉業を達成していた。

アーシュが、ややあって理解し難いという顔をマリアに向けた。

「なぁマリア。あの師団長、陛下の護衛達が御前で暴れたって話をしているのか？」

「……まぁ、多分」

「護衛が何やってんだよ。うちの王宮の軍人、色々と大丈夫か？」

正確に言うと、そこにいたのはほとんどが友人だよ。

マリアは目頭を押さえ、当時よくあった状況を思い起こした。正直に言えば、担当している護衛よりも自分達の方が強かった。それでいてアヴェインも、一般の近衛騎士より剣の腕は遥かに高い。

その時、ニールがグイードに尋ねた。

「その時に一緒にいたのって、隊長と副隊長っすよね？　またヅラ師団長が怒って、それで抜刀騒ぎにでもなったんですか？」

「お前、調子に乗った時にポロッと口から出てるけど、今は『副隊長』じゃないからな？」

そう指摘したグイードが、すぐに「いや？」と答えて記憶を辿る。

「ポルペオは簡単に抜刀しない。きっかけは全く別だったな。最年少の十二歳で司書になった例の双子、あいつらがポルペオの眼鏡を狙って筋肉馬鹿が――」

ふと、彼はそこで言葉を切った。

肝心のルクシアが黙り込んでしまっている。かえって印象を悪くしてしまったかなと呟くと、父親と過ごした時間が少ない第三王子に言った。

「あ〜っと、ルクシア様、あなたのお父上は偉大な方ですよ。長き戦争の時代を終わらせ、今も平和のために尽力されていらっしゃいます」

「知っています。時には冷酷、時には身勝手な王だ、と口にする者もいますが」

ルクシアは、一呼吸分の間を置くと、絵の中の〝父〟を、眼鏡の奥にある大きな金緑の目に映して続ける。

「戦友《とも》を信じ、誰かを助けるためには手を差し伸ばす事を躊躇わない父上の話を、私は幼い頃から聞いてきましたから、誰よりも父を尊敬しています。私は――確かに兄弟の中では、父上と過ごした時間は一番短いでしょう。けれど、国と民を想う父の背中を、私は同じくらい知ってもいるのです」

そう思いを口にした彼が、幼い自分の足を見下ろす。

「少ない交流の時、父上はいつも、友はいいものだと話されていた……」

どこか物憂げにルクシアが呟いた。するとニールが、きょとんとした反応を見せて空気を読まない声を上げた。

「ねぇねぇ、それってどんな話――いったあああああ！」

マリアは、ルクシアを見守る姿勢のまま彼の足を踏み付けた。アーシュがその様子を呆れたように見て、そして「一匹狼のジークとは、全然違うんだなぁ」と言いながら、親友である第二王子ジークフリートの父親の絵を見やった。

「あまりにも『独り』だったから、皆あなたを心配していたんです」

不意に、そんな声が上がった。

遠い過去を思い返すようにしていたルクシアが、ようやく現実に引き戻された様子でグイードを見た。よく聞こえなかったらしい。

「何か？」

「いえ、別に。さて、そろそろ移動しましょうか。図書資料館へ向かう途中までは、この第一師団長グイード、護衛としてお供させて頂きます」

グイードは、どこか安心した顔で、胸に手を当ててにっこりとした。

図書資料館へ向かう途中まで、グイードが同行する事になった。

マリア達は彼の案内で、普段使っている道に出るための近道を通った。

片側がポッカリと外へと開けた仕事移動用の廊下を、景色を眺めながら進む。その中央まで進んだ辺りで、不意に窓ガラスが砕け散るような音がした。

歩いていた通行人を含め、マリア達も異変に気付いて足を止めた。

「ぎゃあああああ⁉　大臣がまた外にっ……！」

階上の辺りからだろうと思われる方から、男達の悲鳴が聞こえた。

大臣？　とマリア達は、揃って間の抜けた表情を浮かべた。

直後、土を抉るような激しい着地音がした。走らせた視線の先で、パッと目に入ったのは〝現在の大臣〟ジーンだ。

誰もが廊下の外を注目する中、彼は両手を上げて達成感を覚える着地ポーズまで決めていた。その表情は、なんだか使命感を思わせるほど凛々しい。

その広がった大臣衣装が、ゆっくり元の形に収まっていく。

だがそれも待たず、ジーンがくるりと振り返った。真っすぐにマリアの方を見て、イイ笑顔で親指をグッと立てる。

「俺の友情レーダーが反応したぜ！」

こいつの感知能力って、一体どうなっているんだろうな……。

マリアは、なんとも反応できずに黙り込んだ。オブライト時代から今に至るまでの、彼の野性的な察知能力が発揮された様々な場面が、脳裏を過ぎっていく。

思い返せば、オブライトだった頃も、こうやってどこからか降ってきた彼に同じ台詞を言われた覚えがある。

というか、お前、仕事はどうした?

そんな事を思った時、ジーンが「よいしょ」と廊下に乗り込んできた。そこで彼はようやく気付いたのか「あれ?」と、マリアの他にいるメンバーに目を留めた。

「ニールはなんとなくの流れで分かるけどさ。なんでお前がいるんだ、グイード?」

「それはこっちの台詞だって」

グイードが、困った奴だな、と上から目線で腰に手を当てる。

「お前、今日の次の会議をすっぽかすのは、さすがにまずいって。サボるんなら、二件あとのやつにしとけよ」

阿呆か。そもそも、サボりを幇助《ほうじょ》するんじゃない。

マリアは、「くっ」と口を固く引き結んで目頭を揉み込んだ。大臣との初対面の時を思い出したアーシュが、口に手をあてて一歩後ろに下がった。

「うわぁ……また大臣様が出た……」

その時の事を聞かされていたルクシアも、師団長であるグイードが突入してきた時と同じ表情をみせた。彼の足は、既に二歩分ほど後退している。

そんな中で、ニールが外側にはねた赤毛を揺らして元気良く挙手した。

「ジーンさん！　またサボりっすか？　遊びに行くんなら付き合います！」

ストレートにそう言ってくる童顔の部下を、ジーンは見つめ返して「あのな？」と確認するように言った。

「俺が、サボり癖がある、みたいな感じで言うのはやめよう。普段から遊んでいるみたいに聞こえるじゃん。これは立派な一休憩なんだよ」

「なるほど。ジーンさん、今日のスケジュール表も真っ黒でしたもんね！」

よく分かっていないのに、慕っているがゆえの信頼感だけで納得したニールが、純粋な少年のようなキラキラと輝く若々しい笑顔でそう言った。

その途端、ジーンが精神的なダメージを喰らったかのように静かになった。

「うん、ははは……まるで誰かの腹の中みたいに真っ黒だったね………」

テンションが一気に沈んだ彼の目が、明後日の方向へとそらされる。ぼそりと「俺、歳かもしんねぇな」と彼は目頭を一度押さえていた。

その間も、階上からは騒ぐ声が聞こえていた。

「みんな、死ぬ気で大臣様を捜せっ」

「また逃亡されたぞ！」

「お願い大臣様戻ってきてぇぇぇえ！」

悲痛な叫びが耳に入ったマリアは、目頭を丹念に揉み解しにかかっていた。階上の騒ぎから同じく状況を察したグイードが、ジーンへと目を戻した。

「お前と違って、俺はちゃんとした理由があってここにいるんだぜ。ルクシア様にさ、陛下の絵姿の一つを紹介していたんだよ」

ジーンは、長い付き合いからグイードの考えを読んだらしい。

「ははぁん、なるほど？」

ニヤリとした彼が、この場にいる三人の十代を順繰りに見ていった。十五歳のルクシア、二十歳のアーシュ・ファイマー。そして、最後に十六歳のマリアを見てから、頷いて言った。

「ふむ、なるほど。次世代メンバーってところか？」

いきなり何言ってんだ？

そう顔を顰めたマリアは、ふと、彼が思案気に手で触れている顎に無精髭がない事に気付いた。昔も月で何度かやっていたように、見事に剃られている。

「今日は無精髭がないのね」

懐かしいなぁと思って、ついそう言ってしまった。

するとジーンが、目を輝かせて嬉しそうな顔をした。

「おっ、気付いてくれたか親友よ！　今日会う人間は、さすがに剃らないとアレな相手なんだわ。ついでにさ、お前にも見せてやろうと思って！」

言いながら、ジーンがカラカラと楽しそうに笑って容赦なく肩を叩いてくる。

相変わらず女だと思われていない威力である。しかしマリアは、オブライトであった時に髭が生えない事を笑われた一件を思い出し、笑顔から温度を失くしていた。

「なんなら触ってもいいぞ～」

「ご遠慮致しますわ」

「じょりじょり感もなし！」

そのまま肩に腕を回されてしまった。このしつこさ、恐らくは当時と同じだと察したマリアは、自分の正体を知っている彼に「おいコラ」と耳打ちした。

「まさかあの頃のネタか？　あ？」

「ははは、お前アレだったもんなぁ。二十七になってもさ、髭が――」

声を潜めて「ぷくくっ」とジーンが笑ってきた瞬間、マリアは続く彼の台詞を遮るようにその腕を掴むと、流れるような動きで背負い投げしていた。

ドシン、と鈍い衝撃音が上がった。

大臣衣装の金の装飾品が、廊下の床にあたって甲高い音を立てる。廊下に居合わせた軍人や使用人が立ち止まり、アーシュとルクシアが揃って硬直する。

数秒の間を置いて、ニールが遠慮もなく廊下中に響き渡る声を上げた。

「え、えぇぇぇえええ⁉　お嬢ちゃん、いきなり何しちゃってんの⁉　ジーンさん大丈夫っスか⁉」

「はははは、ニール落ち着けって。これは友好のスキンシップだぜ！」

「『スキンシップ』⁉　だからっ、なんでジーンさんはお嬢ちゃんに対してそんなにポジティブなんすか⁉」

廊下に倒れているジーンが、腹を抱えて笑い転げた。「またこのやりとりができるとか」

「やっべ超ウケる！」と目尻に涙まで浮かべて大爆笑している。

周囲にいた人々がドン引いた様子で、そそくさと立ち去り始めた。

マリアは、そんなジーンを仁王立ちで睨み下ろしている。グイードとニールも彼を見ているのに気付いたルクシアが、隣のアーシュにこっそり話しかけた。

「確認したいのですが、あちらで笑い転げている彼は、以前あなたが話していた本物の大臣で、マリアとは〝友人関係である〟という事で間違いないですか？」

「あ、はい、そう聞いています」

「つまり先日の〝総隊長補佐〟の時と同じで、マリアが処罰を受ける心配はないのですね」

「恐らくは、そうだと思います。……ほんと、一体どういう関係なんでしょうね」

ルクシアとアーシュは、困惑した顔でお互い首を捻った。当の大臣が笑い転げている状況に、正直どう反応してよいのか分からない。

するとグイードが師団長のマントを揺らして歩み寄り、床の上に転がっているジーンを見下ろして言った。

「見事な背負い投げをされたなぁ」

「あっはっは、確かに『見事』に放り投げられた！」

「ジーン、そうやって笑うよりも戻ってやれよ。さすがに、あの会議はすっぽかせないぜ。さっきベルアーノのところに寄ったんだけど、なんか疲れてるっぽかった」

　そこで、彼が「ん？」と言葉を切る。

「ジーンのマリアちゃんに対する呼び掛けとか、こういうやりとりも、なんか懐かしいような……？」

　言いながら、流し向けられた彼の視線の先が、マリアに留まる。

　それを横目に確認したジーンが、大笑いを終了して身を起こした。衣装を直し始めるその場に、風が吹きぬけていく。

　静かな怒気を浮かべている彼女の頭に付けられた、大きなリボンが風に揺れた。その様子を見つめていたグイードが、風がやんだタイミングでジーンに尋ねた。

「なぁ、ジーン？　お前、マリアちゃんとはどこで知りあったんだ？」

「――言ったろ、『秘密』だって」

　ジーンは、答えながらぴしっと襟元を整えた。

一瞬だけ会話が途切れる。その直後、彼がくるりと振り返って、無精髭のない顔でグイードへ爽やかに笑いかけた。

「ところでグイード？　お前、これからロイドの用事があるよな？」

「なんか、お前の笑顔がやけにキラキラしていて、警戒心が湧くんだけど」

「ははは、気のせいだ」

笑ったジーンが、バンバンと友人の肩を叩く。

「お前が、その用事を済ませるために今すぐ向かうって言うなら、俺も途中まで一緒に行って、そのまま大臣の仕事に戻ってやってもいい」

「………新しいタイプの脅しみたいにきたな」

お前が戻るなら、俺も大臣としてすぐ仕事に戻る。

そう伝えられたグイードが、やっぱこの笑顔の時は、交渉も提案もあったもんじゃないな、一方的だ……と口の中に言葉を落とした。

するとジーンが「そもそもなぁ」と言って、頭をガリガリとかいた。不意にカッと目を見開くと、突如グイードに指を突き付けた。

「俺は仕事がぎゅうぎゅう詰めだというのに、お前だけ息抜きで〝マリア〟達と散歩してるとか羨ましすぎるだろ！　そうするなら前もって俺も誘って交ぜろよ！」

「はぁ？　だって仕方ないだろ、そっちはなんか『大臣しか出来ない仕事』がやけに集中してるし。それに比べて、俺は人に振れる仕事もあるからな。今朝だってちゃんと考えて、抜け出す前に、いくつかの書類をレイモンドに押し付けてきたんだからな！」

グイードが、胸を張って堂々と言い放った。ルクシアは信じがたいという目をしているし、アーシュも「騎馬総帥様に押し付けたのか⁉」と叫ぶ。

お前ら、どっちも仕事しろよ。大臣と師団長だろ。

マリアは、二人の友人を前に思った。ここ最近は仕事の忙しさで頭を抱え、先日顔を合わせた際にも疲労感を漂わせていたレイモンドを思い返す。

あまりにもレイモンドが可哀そうすぎる。そう思っていると、ジーンがこちらに振り返ってきて、ふっと息をもらして「親友よ」とイイ声で言ってきた。

「すまねぇな。残念ながら、俺はもう戻らないといけないらしい」

「窓ぶち破って仕事場から逃走した奴が、何を偉そうに言ってんだ――おっほん！」

つい、本心から言ってのけてしまったマリアは、そこで少女言葉に戻して続けた。

「何を言っているのか分からないわね。そもそも、待ち合わせをしていた覚えもないのだけれど？」

「飯くらいは一緒に食えねぇかなぁと期待してたんだけどさ、マジで真っ黒なんだわ」

こちらの話も聞かずに、ジーンがしみじみと語る。

マリアは、訝しんで思わず首を傾げた。

「真っ黒って、何が？」

そう呟いた彼女の華奢な肩を、ニールが指先で叩いて呑気な笑顔で教えた。

「スケジュール表だよ。もうさ、ジーンさんの日程表、笑えるくらい真っ黒なんだぜ！」

空気を読まない部下にトドメを刺されたかのように、ジーンがフッと自嘲するような笑みをもらした。

「こういう時、ちょっとでも空気が読める子だったらなぁって思うわー……まぁ、グイードには、ロイドのところに行って面白い事が起こるかどうか見てきてもらいたいし」

後で土産話《ほうこく》を聞くのを楽しみに仕事に戻ろう。そう呟いて頭を切り替えたジーンが、そこでルクシアへと向き直って貴族紳士らしい礼を取った。

「殿下。何度か遠くからお顔を拝見する機会はありましたが、直接話すのは初めてになりますね。大臣のジェラン・アトライダーです」

ジェラン、と小さく口にしてルクシアが眉を寄せる。しかし、賢い彼は『ジーン』の方が愛称なのだと思い至って、すぐに胸に手を当てて軽く礼を返した。

「わざわざ自己紹介をありがとうございます。ここにいる私は一所長ですので、殿下という呼び方は不要です」

「そうですか。なら、ルクシア様とお呼びします」

グイードと同じように、ジーンがにこっと笑ってそう答える。少し戸惑うような表情を浮かべたルクシアから、彼は続いてアーシュへと目を向けた。

「よっ、この前ぶりだな。元気？」

大臣から、軽く片手を上げた軽過ぎる挨拶をされ、アーシュが反応に困った様子で固まる。

「んじゃ、俺らはこのへんで失礼するぜ。また今度なマリア」

ジーンはマリアに片目をつぶってみせると、グイードに腕を回して歩き出した。その背をニールが、「ジーンさん、頑張ってくださいっす！」と手を振って見送る。

マリア達から引き離されたグイードは、少し考えて「よし」と決意するように頷いた。

「ロイドんとこ寄って、先に報告を終わらせてくるか」

まさかこの後、彼はこれから起こる災難に引き寄せられるかのようにモルッと遭遇し、一緒にロイドのところへ行く事になろうとは思っていなかった。

二

その少し前、ロイドは一旦、モルッに用を頼んで執務室から出していた。

一人になった執務室で待っていると、少しもしないうちに、扉の隙間から一通の知らせが入れられた。

それは〝裏〟から届いた黒い封筒だった。拾い上げて入っていた紙に目を通してみれば、先に振っていた調査の報告書は必要各署へ届けが完了したとの事。ハーパーが所有する各建物の見取り図は、明日には用意できる予定でいる事……。

——そして、そこには期待していた以上の内容も記されていた。

「まさか、アーバンド侯爵が自分の戦闘使用人を動かすとはな」

呟くロイドは、思わず強張った不敵な笑みを浮かべてしまった。まさかの協力は好都合だが、驚きと同時に、自らそれを提案してきた、その腹が読めない。

現在、ハーパーを押さえる態勢はほぼ完了していた。手回しも九割方が整い、必要になる情報も八割揃っている状況だ。

残りの二割は、現地に赴いて調査する必要があった。

ハーパーの各地での〝活動〟に関する詳細情報。そうして、あの例の『ピーチ・ピンク』とかいうチンピラの小グループについてだ。

それを、アーバンド侯爵が責任を持って直々に引き受けるというのだ。

急な申し出の中、彼は結果報告を『明日いっぱいまでに』と提示している。そして明日、戦闘使用人の一人を調べに行かせるという。

「明日、か」

ロイドは、思うところもあって苦々しく呟いた。

「今日動かすわけではなく、明日に動かして、その日中に結果を出せるという自信はさすがだな。……まぁ、なんの考えがあるのかは知らんが、軍部側《こちら》にも手を貸してくれるというのなら、使わせてもらう」

その申し出は好都合ではあった。ハーパーの件に関しては、次のオークション開催の動きがある事から、二桁の日数は待てないとして急ぎ用意が進められていた。

なら自分は、最後の情報とチンピラ共の件に関しては明日まで待てばいい。その間に、他の動ける事を押し進めよう。

ロイドは、その黒い封筒と知らせを焼却処分した。

なんの素材なのか、いつもあっという間によく燃えてしまうなと思いながら、それが消えていくのを見届けた。そういえば初めて【国王陛下の剣】の存在を知らされた時、自分はまだ十八歳だったなと思い出す。

『ここに集められた友らよ、俺の秘密の一つを明かしたい』

あの日、アヴェインは自身の部屋で、そう切り出した。話す事に決めたのだと、静かな口調で淡々と語り出した。

前両陛下と兄弟王子達を、幼い頃に亡くして即位したアヴェイン。身を守るための体術も、剣も、全てその人に習ったのだという。

その時、彼の部屋には、ロイドを含めて数人が呼ばれていた。だが、ただ一人、少年枠の軍人だった彼には、一つ、小さな違和感があった。

『どうして、今のタイミングで？』

『…………』

アヴェインは答えてくれなかった。どうしてだと思う、と、感情の読めない彼の目が、ただただロイド達を見ていた。

その日の王都には、珍しく雨が降っていて。——ちょうど、あの【黒騎士】が死んだ一ヶ月目の法事があった後の事だった。

『ロイド、お前は敏く賢い。ここにいる軍部上層部の俺らよりも頭がいいだろう。だが、まだ若く、その先まで見えないところに良さと欠点がある』

あの部屋を出た後、一緒に秘密を明かされた者に、そう言われた。

『先程の「どうして今のタイミングで話したのか？」は、ここにいる全員が思っていた事だ。そうしてお前と違って、その答えを察して口にしなかった』

『もう子供ではないと言うのなら、察してやれロイド師団長。今の陛下を、あまり刺激してやるな』

『何故だ？　質問をしていいと言われたのに口にしない、答えを知っているのに俺に教えない』

『口にするとより恐ろしいからさ。恐らく何年かかろうと、陛下は諦めない』

一体何を？

少年だったロイドは、そう思ったものの、同時に、陛下が馬車の中で自らの手で喉に剣を突き立てたという男の存在が脳裏を過ぎって――。

その時、扉のノック音が耳に入った。

ロイドは時刻を見て、予定通り早々にモルツが戻ったのだと知った。入室を許可すると扉が開き、そこから入ってきた二人を見て、秀麗な眉を片方引き上げた。

モルツの隣に、珍しくグイードの姿があった。

「なんだ、そっちの予定はもう少し後だったはずだが、いつもと違って早いな？」

「偶然すぐそこで合流致しました」

モルツが、細い銀縁眼鏡を揃えた指先で押し上げつつ報告する。執務机の前で立ち止まるなり、グイードが仕事口調で「そういう事っすよ」と肩をすくめた。

「ちょっと野暮用で、近くを歩いていたものですから。ついでに、さくっと報告を終わらせようかと思いまして」

つまり、いつものサボりか。

長い付き合いから察して、ロイドはひやりとした空気をまとった。癪なのは『惚気のグイード』と呼ばれる彼が、スマートに仕事をこなせる有能な男である事だ。

自分の仕事には遅れを出さず、良く言えば人と時間の使い方が、非常にうまい。

だが、苛々したのも束の間。ロイドは同じくサボり癖のあるもう一人を思って、ストレスを発散するがごとくこう思った。

――朝一番にスケジュールを見たジーンが、頭を抱えてくれていたのならいい。

この前の、ニールからの報告書の仕返しである。それでいて、マリアが臨時班として初日に活動した視察の件も気になっていて、苛々した感じが落ち着かないでいる。

昨夜も、すっかり寝不足だった。リリーナの護衛の件で、初めて見たようなマリアの柔らかな労いの笑みに、もう少しで自分の中の何かが吹き飛びそうになった。

可愛い、触りたい。イケメンで可愛い、もっと声を聞きたい。

夜に改めて思い返した際、「いや『触りたい』ってなんだ！」と叫んだし、先日のソファの一件が蘇って、何度も「俺はロリコンじゃない」と唱えた。

ようやく眠れたかと思ったら、何故か少年の自分が、オブライトに押し倒し返されるというシチュエーションの夢を見た。あまり度が過ぎるとお仕置きするがどうする、と言われてドキドキし、ゾクゾクさせられて――ガバッと飛び起きた。

初恋だったという事もまたぶり返して「またかよッ」とらしくなく一人で苦悩した。

まさか本当に二度目の一目惚れ？　いや、まさかまさか……。

「いかがされましたか？」

その時、モルツが片眉を少し上げて言った。そのそばから、首を捻ったグイードがプライベート時の口調で言ってくる。

「なんか珍しいな？　いつもだったら『報告をしろ』って言って、聞いたらすぐに追い出すのに。ベルアーノも参っていたみたいだし、もしかしてお前のところの仕事量も、相当ヤバい感じになってんのか？」

ロイドは目を動して、話し掛けてきたグイードを見た。

「一応、先輩だからな。悩みがあるなら俺が聞いてやるぜ、ロイド？」

「必要ない」

「あはははは、だよなぁ。お前に限って恋の悩みとかはあるまいし、俺の出番ってわけでもないか！」

その直後、バキリと音が上がって、グイードの笑い声が途切れた。

グイードは、モルツと揃ってそちらに目を向けた。ロイドが腕を付いている執務机が半ば凹んで割れてしまっている。ゆっくり視線を戻せば、彼が珍しく黙って視線をそらしている。

しばし室内に、ぎこちない沈黙が漂った。

「…………ロイド、お前、どうした？　もしかしてマジな体調不良？」

グイードが、呆気に取られた目に、次第に理性を戻して言葉を続ける。

「そういやお前、昔、高熱出した時も確か会話が噛み合わなかったよな。しばらく誰も気付かないくらい見かけは素面《しらふ》だったし……あ。そういやぶっ倒れた後、ポルペオに看病されているのを見てジーンとめちゃくちゃ笑ったのを覚えてる──」

「即刻で忘れろ」

ロイドは威圧的にグイードを睨み付けた。あれは、まだ少年師団長だった頃の出来事だ。体調をこじらせた事など、ほとんどなかった自分の黒歴史の一つである。

あの時、崩れ落ちたのを受け止めたオブライトに抱えられ、救護室に運び込まれた。その温《ぬく》もりを思い出して、ロイドはまたしても頭を抱えたくなる。

とはいえ、当時は軍医が不足していた時代でもあった。

救護室に到着した直後、何故かポルペオが解熱効果のある果物を持参して現れた。恥じらいだとかも全部吹き飛んで、少年だったロイドは「は……？」となった。

『オブライト。看病も知らない貴様に代わって、私が手本を見せてくれよう』

まず、どこからそれを持って来た？

ここでもオブライトと競っているポルペオを見て、熱でぐるぐるする頭でそう思った。そもそもお前、どこでオブライトが俺を運んでいると聞きつけた？

でもオブライトは、任せておけば安心だといった顔で、困ったように笑っていた。

『知恵熱は十代の成長期特有だろうし、仕方ないさ』

『ふん、馬鹿者め。生活習慣がたたったな、つまり風邪だ』

ポルペオは、いつもの仏頂面で偉そうにそう言っていた。二人の意見は、知恵熱か風邪かで対立していた。

そのどちらなのか、ロイド自身判断がつかなかった。こちらを見下ろす彼らは、苛々するくらい大人びた顔をしていて、子供扱いするなと思った。

けれど文句を返そうとしたら声が出なくて、咳が出た。

騒ぎを聞きつけた他の連中までやって来て、「なんだ倒れたのか」と呑気な様子で言うと、仕事が中断するのもお構いなしで、空気も読まず救護室に居座った。

『なぁ親友よ。倒れてから症状がようやく出るとか、どんだけ強がりなんだよって思わね？』

『……ジーン、あまり顔をつついてやるな。今にも切れそうになってるから』

『いいぞジーン、もっとやってやれ。なんなら俺の指も貸してやる』

『いや駄目だろグイード っ。オブライトもめちゃくちゃ困ってるだろ、便乗するな！』

『大丈夫だって相棒。つか、さすが子持ちのポルペオ、林檎あげるのもさまになってるぜ。俺、気ぃ抜いたら笑いで腹筋が崩壊するわ』

『…………ぶっ殺す……』

『無駄口を叩けるようになって結構。ほれ、口を開けんか。余計な薬を飲むよりも効くぞ』

当時の事を、どうしてかロイドは今も鮮明に覚えている。

『後輩君、早く良くなってね』

ベッドに片頬をつけたままニールがそう言っていた。風邪なんかじゃないと反論したのに、馬鹿なヴァンレットが理解してくれなくて、どこから持って来たのかマフラーでぐるぐる巻きにされた。

後で覚えてろよと威嚇しても、奴らはこちらが動けないと分かってか、呑気で自分勝手だった。そうして、家からの迎えがくるまで大勢でロイドのそばにいた。

『……坊ちゃま、ようございましたね』

迎えに来た若い執事と使用人達が、何故か涙ぐんでそう言い、仕事をサボッて救護室に居座っているだけの奴らに深々と頭を下げた。

大変申し訳ございません、旦那様と奥様は今日もお帰りが遅く……そんな事を執事に謝られた。いつもの事だろうに、毎度変なところで謝ってくるなと眉を顰めた。そうしたらジーンが「なるほど」と呟いて、そこにいた全員を指した。

『俺ら、いつもロイドと仲良くさせてもらってる同僚です！　よろしく！』

――良くなれ、元気になれ。

執事に抱えられて馬車に乗り込む際、奴らに頭を雑に撫でられて見送られた。オブライトの手だけが、やはりとてもひんやりとしていた。

その後日、復帰して登城したらポルペオが、手作り弁当を持って来た。

正直、本気で殺そうかと思った。その一件で、料理から裁縫までこなす男だと知ったのだが、なんでそこまで極めたんだ？　という疑問が、今でも拭えないでいる。

思い返したら、あのヅラが忌々しくて頭が痛くなってきた。

報告させて、まずはグイードをとっとと追い出そう。またしても二人の視線が執務机へ移動する気配を覚え、ロイドは目先をそらすべく顔を上げてこう言った。

「グイード、ひとまずお前の報告を先に聞く――」

不意に、ロイドは続けようとしていた言葉を途切れさせた。

いつの間にか、執務室の扉の前に一人のメイドがひっそり立っていた。その片方の手には、上質な白い布で覆われた小さなバスケットを提げている。

直前まで、全く気配がなかった。扉の開閉もなかったぞと、まるで幽霊のように唐突に現れたメイドをロイドが注視していると、同じく気付いたモルツとグイードも小さく目を見開いた。

年頃は三十代前半だろうか。その女性は、シンプルな丸みのある銀縁眼鏡を掛けてはいるが、淑女然とした表情が似合うくらいには顔立ちも整っている。

彼女のメイド服は、王宮や一般的に出回っている物とは違っていた。品を兼ね備えた女性らしさを損なわないデザイン。長いスカートの先から覗くのは、軍仕様のしっかりとしたブーツだ。

それは、マリアが着ている特注の使用人衣装によく似ていた。

ロイドは、その特徴的な〝大人のメイド服〟をアーバンド侯爵邸の屋敷でも見ていた。視線を寄越して確認してみると、同じく見合いの件で足を運んでいたモルツが、肯定するように小さく顎を引く。

その無言のやりとりから察したグイードが、口角を引き攣らせた。

「道理で、マリアちゃんのメイド服とそっくりだと思った……」

彼は嘘だろと呟きながら、初めて見る大人の戦闘メイドを見つめている。

すると、そのメイドがにっこりと微笑んだ。指先でお淑やかにエプロンが重なったスカートをつまむと、ロイド達に向かって丁寧に礼を取ってきた。

「わたくし、アーバンド侯爵家のメイド、カレンと申しますわ。本日は総隊長様に、旦那様からの〝贈り物〟をお届けに参りました」

カレンと名乗ったメイドが、そう告げてバスケットをそっと床に置いた。グイードが嫌な予感を覚えて、「なんで床に置くのかなぁ……」と引き攣った声を上げる。

その一瞬後、ほんの僅かに三人はカレンの姿を見失った。

気付いた時には、大きくめくれたスカートから鍛えられた白い太腿を覗かせ、膝頭をこちらに突き出した状態で、彼女が眼前に迫っていた。

たった一っ飛びで、こちらまで移動した彼女の丸い眼鏡の奥にある目は瞳孔が開いていた。空気を切る音を上げて、そのまま大きく右足を振り上げてくる。

「うわっ、やべ」

「グイード退避だ！」

ロイドは彼の軍服の後ろ襟首を掴むと、モルッと一緒に素早く執務机から離れた。

直後、大人の女性特有の曲線を描く長い足が、躊躇なく振り降ろされ執務机を真っ二つに砕き割った。

まるで巨大なハンマーか、戦場下で使う鉄球砲でも落としたかのような威力だった。物騒な破壊音を上げた執務机の破片が、衝撃をまとった風と共に宙を舞う。

「うぉ⁉」

風圧で煽られたグイードが、バランスを崩して床にひっくり返った。

それを器用に避けたモルッが、いつでも助太刀できるよう剣の柄に指をかける。指示を待つ彼の視線を受けているロイドは、相手が色々と規格外すぎるので、不敵な笑みにも緊張感を滲ませていた。

「ッじょう、だんだろ……！」

蹴り技一つでこの威力かよ。

すると、カレンと名乗ったメイドが、長いスカートを両手で足を戻しながら、にっこりと愛想笑いを浮かべた。

「いいえ？　冗談ではございませんわ」

気のせいか、笑顔な彼女の眼鏡の奥にある目は、恨み事を宿したかのように凍えきって一切笑っていない。

「申し上げました通り、わたくしは旦那様からの〝贈り物〟をお届けに参りました。これが、先日頂いた手紙に対するお返事ですわ。そうしてあなた様の望む返答については、ここで実際に身体で聞かせて決定させて頂く、という事になっております」

マリアを預けられる資格があるかどうか、その見極めに？

大した過保護ぶりだなと、ロイドは〝家族想い〟のアーバンド侯爵を思った。殺生目的ではないとはいえ、蹴り技一つでこの威力だ。本気でかからないと笑えない事になる。

体勢を整え直したグイードが、そこで深い溜息をもらした。

「マジかよ。来るタイミングを完っ全に間違ったなぁ……早めに来るんじゃなかったぜ」

「『先輩として話を聞く』と偉そうに言ってなかったか？」

「おいロイド、ここぞとばかりに持ち前のSを向けて来るな。相手は女性なんだし、俺に押し付けんのは無しだからな？　というか、お前への用件なのに、居合わせた俺らも巻き込む気満々のあの子の笑顔には、お前と同じものを感じるッ」

グイードは、ロイドが「グイードもろとも追い出してやるか」と考えたのを察知して、どう思うよと続いてモルツを見た直後、無心な顔になった。

「あ。そういや、こいつドMだった……」

そう気付いて、意見を求めるのをやめた。

「おや、グイード第一師団長、私に何か言おうとしたのでは？」

「殺気を解いた今のお前には、ツッコミたい事がたんまりあるが、ひとまず一言でまとめると――」

グイードは、真剣な表情で一つ頷くと、言った。

「――ここに俺の味方がいない事に、絶望しか感じねぇ」

「私も、彼女には期待しか感じません」

「ほらな、お前と俺の話は噛み合ってねぇんだよ。その時点でアウトなんだよ。はぁ、というかこの面子の組み合わせとか、ないわぁ」

改めてこの場にいる面々を見渡したグイードが、額を押さえて天井を見上げた。

「この後輩組、俺の疲労を三割増しにするんだよなぁ……。帰りたい」

「帰ったら殺す」

「一つよろしいでしょうか？　私としては、何故アレの雇い主のところから、総隊長の力量確認のためにメイドが寄越されているのか、分からないのですが」

その発言の直後、場が静まり返った。

ロイドとグイードが、知らぬ者なら当然の疑問を口にした彼を見た。ややあってカレンも、困った風でもなく「あら」と口元に手をあてる。

グイードが、面倒臭い状況は勘弁して欲しい、と呟いて顔を手で押さえた。

「そういやそうだったな。うーん……ロイド、ここは任せたッ」

「言われなくても、分かっている」

ぶすっと答えたロイドが、床を見て少し考えてから続ける。

「――モルツ。お前が『護身術の達人らしい』と口にした、その第一印象を裏切らない戦闘メイドだ、とだけ伝えておく。これについては『メイドを助っ人に借りる』という、俺とアーバンド侯爵の交渉話の延長だ。ここで起こった事については、俺が許可する事以外は話すな。後処理についても俺の方で指示を出す」

ロイドが、温度のない視線を投げる。言葉と視線から何か察したのか、モルツがその秀麗な眉一つ動かさずに「なるほど」と短い返事をして納得した。

二人の後輩を眺めていたグイードが、「なんだかなぁ」と呟いた。

「昔から思ってたけど、お前らが何考えてるのか、さっぱり分からん」

「お前への嫌がらせを、十通りほど考えていたところだ」

「マジかよ。任せたって振って、まだ十数秒も経ってないのにド鬼畜過ぎね？　いや、お前の部下だし、犬みたいなもんだから当然だろ」

「グイード第一師団長、犬と発言した割には、棘もなさすぎる語彙力に失望します。もっと蔑む目と口調を寄越すべきでは？」

「もうヤだ、マジで帰りたい」

左には年下のドSの鬼上司、右には見た目と口調が辛辣なドMの変態。正面には、好戦的過ぎるアーバンド侯爵家の、なんだか怒っているらしい感じの戦闘メイド――。

自分が置かれているそんな状況を、改めて確認したグイードは、両手で顔を覆って「最悪だ」と呟いた。

室内には、体感温度が下がるようなピリピリとした空気が満ち始めていた。会話が途切れたタイミングで、待っていたカレンがにっこりと微笑みかけてくる。

「これはあくまで〝おつかい〟ですわ。〝仕事〟ではございませんから、今日のわたくしは黒い手袋をしておりませんのよ」

手袋をした戦闘使用人が来たら、命を取るつもりなので覚悟した方がいい。

わざわざ丁寧に説明する必要があるのか？　まるで脅しだなと、ロイドは忌々しく思って舌打ちした。

これは、かなり予想外の展開だ。まさか、腹の読めない慎重な男だというイメージが強かったアーバンド侯爵が、このような〝交渉の返答〟を寄越してくるとは思ってもいなかった。

手っ取り早く殴り合いで判断するというやり方は、あまりに過激だ。

まるでゲームのような、実にシンプルな方法でもある。とんでもない連中だ。いや、あの侯爵が実に食えない男だという事を改めて認識出来た、というべきか？

とはいえ、目の前の状況よりも隣に一番腹が立った。こちらが真面目に考えている間も、無表情な下僕《モルツ》からわくわくとした期待感の空気が発せられている。

今すぐ息の根を止めてやりたいくらい苛々するんだが。

目も向けないままロイドは殺気立った。それを肌で感じ取ったモルツが、満足げな吐息をこぼす。グイードは「超帰りたい」と両手を顔に押し付けた。

その時、カレンがにっこりとしてこう言った。

「先に言っておきますけれど、総隊長補佐様。こちらにまで勝手に期待されても困りますわ。わたくし、ドMは蹴らない主義ですのよ」

「ドMは蹴らない……」

グイードは、その言葉を口の中で繰り返して、嫌な予感を覚えた。不意にぶわりと発せられた冷気に気付いて、そこにいるロイドへとぎこちなく視線を向ける。

ロイドが、カレンとピタリと目を合わせた。

一気に、室内の温度が五度下がった。彼女が言わんとする事を察したロイドが、一般兵であったら失神するほどの殺気を放って、言ってみろと顎を上げて促す。

「わたくし、ドSが苦痛と悔しさで顔を歪めるさまを見るのが好きですわ」

カレンが躊躇なくそう答え、にーっこりと作り笑いをした。対するロイドも、絶対零度の眼差しでブチ切れ寸前の引き攣り笑顔を浮かべた。

――こいつとは馬が合わねぇ。

二人の間に、意見決裂のような空気が走る。這《は》い蹲《つくば》らせる側であって、されるのは微塵にも好かない。そんな似た者同士が視線で火花を散らせている。

その様子を見て取り、モルツとグイードがほぼ同時に口を開いた。

「なるほど、素晴らしい。私が対象外なのが実に残念です」

「なんてこった。最悪だ、完全にS思考……」

真逆の感想が上がった。

カレンがそちらを見た。揃えた指先で眼鏡を上げるモルツへ、真っすぐに目を向けて告げる。

「侯爵邸に訪問した際に、妹分に迷惑を掛けた分のお返しを、あなたが好まない痛いやり方でしっかりさせて頂きますわ」

自信はあるのだろう。ロイド用として特注に作られている頑丈な書斎机を、簡単に砕いたという事は、それなりに耐久性も備わった仕込み靴だ。その効果を十分に発揮できるほどの実力を、このメイドは持っている。

それを考えたグイードは、先程より大きな溜息をこぼした。

「俺、女の子と戦うのは苦手なんだよなぁ……ロイド、先に言っとく。俺は今回、防御一点張りだからな」

「なら、俺も先に言っておこう。そうやって手を抜いてサボるようなら、うっかりお前まで攻撃するかもしれん」

「ひでぇ。こういう時にもブレないとか逆に感心するわ。お前の攻撃とかシャレになんねぇんだけど？」

そう言うグイードの発言を聞いて、モルツが少し思案する。

「グイード第一師団長も彼女の『好み』からは外れているので、軽傷で済むのでは？」

「お前の言う軽傷の値は信用ならねぇ。馬車で吹き飛ばされてもほぼ無傷って、人間じゃねぇよ。そもそも――」

そこで、不意に彼は、結論を言い渡すように真剣な目をした。

「――M嗜好がない時点で、今、俺の身は危険に晒されている」

確かに、と、ロイドが隣で真面目な顔をして頷いていた。

モルツは、いまいち分かっていないような表情だった。当のカレンに確認すべく、視線を移す。

「お前が、Sなタイプが好みなのは分かりました。他には？」

「まるで恋愛対象でも聞くみたいな質問ですわね。まぁ、純粋そうでいて、ガツガツしている方も好みですわね」

「ほぉ？　ワンコ系ガツガツというのなら、一人心当たりがありますが――」

「却下ですわ」

カレンが、ぴしゃりとモルツの言葉を遮った。

「先日、あなたと一緒にいらっしゃった騎士様なら、お断りですわ。アレはただのお馬鹿さんで、歯止めが利きそうにない子供過ぎる方なんですもの。初訪問の時の台詞で、ウチの侍女長を固まらせたのは、彼が初めてですのよ」

その話を聞いて、グイードがぎこちなく視線をそらした。

「……あいつ、迷子になっただけじゃなくて『嫁にもらっていいか』もやったのか」

第一宮廷近衛騎士隊の隊長、ヴァンレット・ウォスカーは王宮一の大男だ。特徴的な緑の芝生頭を撫でられるのが大好きな、未知の思考回路の持ち主である。

そんな彼と騎士学校の同期だったモルツが、「なるほど」と一つ頷いた。

「それは的を射た言葉ですね。私が女だったとしたら、ヴァンレットにだけは抱かれたくないですから」

「そのたとえはやめろ。気分が悪くなる」

ロイドは、そのままの性別のモルツがヴァンレットに抱かれている様子を想像して悪寒を覚えた。でも、もし相手がオブライトだったなら……そう咄嗟に想像して、精神的にダメージを受けた。

十六歳だった俺が、それから二年間ずっと目で追い続けた、初恋の人。

くッ、とロイドは何やら無性に叫び出したくなった。よろけそうになる足を気力で踏ん張る。グイード達もいるここで、醜態を晒してなるものか。

自分に言い聞かせて、ギッと目を上げたらカレンと目が合った。

その拍子に、彼女がこれまでになく殺気立った様子でにっこりと笑いかけてきた。ロイドはふと疑問を覚えた。まるで個人的に恨まれでもしているみたいじゃないか？

「なんだ。何か、俺に言いたい事でも？」

「ええ、ありますわ。わたくし、とくに総隊長様には、個人的にも一発食らわせてやりたいと思っておりましたの」

「はぁ？」

ロイドは、対人向けの表情も作らずに露骨に顔を顰《しか》めてしまった。一発ぶち込みたいと思われるような事を、この初対面のメイドにした覚えはない。

すると、彼が言葉を投げる前に、カレンがきゅっと床を踏み締めてこう言った。

「わたくしは、仲間達の代表ですわ。旦那様から許可を頂いている今のうちに、きっちり将来の分も含めて発散しておこうかと思いまして」

ますます分からない事を言って、彼女が戦闘態勢に入って両拳を構える。

「おいおいマジかよ」

グイードが、一歩後退した。

「話がよく見えねぇけど、マリアちゃんの件でプッツンきてる感じ？　そりゃ確かに彼女は女の子だし、任務の一部に巻き込んでいるのは悪いと思ってるけどさ――」

「そちらの件は怒っておりませんわ。旦那様が『大丈夫だから』と許可を出して、あの子自身も望んでいる事ですし――いつだって私は、彼女の一番の幸せを考えているの。マリアは私にとって、初めて出来た妹みたいな、とても可愛い子なの」

ふっと独り言のように続けたカレンが「でもね」と、途端にしめっぽい雰囲気を一変させた。強気な性格を隠す気もないブチ切れた笑顔で、拳を掲げる。

「わたくし自身の言葉で〝私達〟の本音を語らせてもらいますと――突然横から湧いて出たようなよく分からない野郎共に、私達の大事な妹分を簡単に預けるほど、こちとら受け身な性格をしたメイドなんかじゃねぇんだよ」

ドスの利いた一声でシメられた。個人的な私情も含んでいるようで、相当怒り心頭らしい。その口調はかなり荒々しく、なんとも喧嘩っ早い性格のようにも思えた。

ロイドとグイードは、言葉が見つからなかった。モルツは途端に関心でもなくなったみたいに、肉弾戦を考慮してか軍服の袖口を整える。

「わたくしを止めるか、わたくしに半殺しにされなければ、あなた方の〝勝ち〟ですわ。その場合には、旦那様からお預かりしている『今回の件を承認する書面』をお渡し致します」

カレンが、口調だけメイドらしく戻して告げた。ファイティングポーズを取ると、軍靴仕様のブーツで床をきゅっと踏みしめる。

「ご準備はよろしいかしら？　マリアを知っている皆様、わたくし程度の者に負けるような〝弱い男〟ではないと、今、この場で証明してくださいまし」

それを聞き終えた途端、グイードが覚悟を決めた顔で邪魔なマントを脱ぎ捨てた。

「チクショーやっぱそうなるかッ。後輩に全部押し付けるわけにもいかねぇしな」

「女性相手と迷っている場合ではありませんよ。一気に来ると思います」

モルツが警戒して告げて、開いた手の親指と中指で正面から眼鏡を押し上げる。

「総隊長、剣はいかがされます？」

「察しの通りすぐには使えん。状況を見て判断する」

次の瞬間、執務室の床を踏み砕いてカレンが前進した。一気に迫った彼女が、大きくめくれたスカートから、太腿まで晒した白い足を振るった。

三

ジーンやグイードと別れた後、マリア達はそのまま図書資料館を目指した。予定よりも早い時間ではあったので、散歩のようにのんびり歩いていた。

大人ばかりが行き交う中、数本の通路の合流地点になっている広間を抜ける。

「ん？　今、なんか……」

ふと、マリアは肩越しに振り返った。

戦闘で感じ慣れた衝撃波の余韻のような、そんな鈍い振動が空気を伝わってきた気がした。立ち止まった彼女に気付いて、アーシュが顔を顰める。

「どうしたよ？　なんか気になる物でもあったか？」

「ううん。気のせいだったみたい」

「ふうん？　それにしても、ほんと騒がしい人達だったよな」

再び歩き出したところで、彼が続けてそう言った。

公共区の廊下は広い。人の流れも落ち着いていて、穏やかな空気に包まれており、ルクシアでも無理なく会話できる環境だ。

「俺としてはさ、お前が大臣様に友人認定されているのも不思議なんだよな。それでいてこの前の総隊長補佐様の時も、あれだけ暴れても問題になってないだろ？」

現在の関係については、問われても説明は難しい。たとえば〝メイドのマリア〟として再会してからの事を説明しても、余計ごちゃごちゃするだろうとも思った。

先日同様にマリアが言葉に窮していると、ニールがすぐ後ろから元気な声を上げた。

「アーシュ君、あれはぶたれて喜ぶド変態なんだぜ。〝友人だ〟って言ってたし、ジーンさんはお嬢ちゃんに対して、びっくりするくらい超ポジティブ！」

簡潔に語ったぜ、と言わんばかりにニールの顔は自信で溢れている。

だが、対するアーシュは「やっぱりよく分からねぇ」と困惑顔だ。

「私としては、当然のようにあなたがいる事が不思議なのですが……」

同じくルクシアが、いまだ慣れないというような顔をニールへ向ける。

「あっはっはっ、ルクシア様、そりゃ超おかしい意見っすよ！　だってお嬢ちゃんがいるのに、俺が帰るとかないじゃないっすか～」

「だから、それが何故なのか分からないのです」

それは全くもって同感だ。ニールは何故、今の自分《マリア》について来るのか。

マリアは不思議に思った。空気を読まないうえ学習力もないという、ヴァンレットとどこか似たような問題児ぶりを思い起こし――とりあえず考えるのを諦めた。

ニールと見つめ合っていたルクシアが、そこで額を押さえて首を左右に振った。

「質問を理解されていない事が伝わってきて、頭が痛くなってきました………そちらに関してはいいです。ああ、それから、あなたが『ジーン』と呼んでいる大臣は――」

「うちの副隊長っす！」

ニールが自信たっぷりに、ルクシアの質問内容も聞かず答えた。

こいつは阿呆なんじゃなかろうか。マリアは彼が時折、ジーンが大臣である事を本気で忘れているのではないかと心配になった。

「ルクシア様。ニールさんの事は無視してください」

「お嬢ちゃんひでぇ！」

――気にしないでください、と言おうと思ったのに間違えた。

考えていた方の言葉が口から出たマリアは、情けない悲鳴を真顔で聞いていた。とりあえず元部下に心の中で「すまん」と謝った。

そのまま図書資料館に向かって歩き続けた。

もうそろそろ、その大きな施設の入口が遠くに見えてくるだろう。次の角を曲がったら、図書資料館のある廊下だ。

「ねぇ、ルクシア様」

ふと、マリア達を眺めながら後ろを歩いていたニールが、敬意もない自然な口調で呼び掛けた。

ルクシアが足を止めて、問うように彼を振り返る。マリアとアーシュも、ここにきて何か質問があるのかと不思議に思って立ち止まった。

「この前も図書資料館に行ってたけど——本って何が面白いの？」

一同の視線を受けたニールが、ルクシアを真っすぐに見つめてそう尋ねた。

「今すぐ帰れ」

マリアは、素の口調でぴしゃりと告げた。何度か手伝わせてもいるというのに、これまで一体なんだと思って本を借りるのに付き合っていたのだろうか？

「お嬢ちゃんひどい！　目が絶対零度だよ⁉　俺ちゃんと手伝うから追い帰さないで！」

「そもそも、ニールさんに手伝わせる予定は初めからなかったのですけれど？」

「いいじゃん俺も交ぜてよ！　それにさ、お嬢ちゃんバカに力があるとはいえ、見た目十四歳以下の幼女枠じゃん？　ここは大人である俺が——ってなんでそこで技に入るの⁉」

マリアは速やかに体勢を整えると、ニールを問答無用で関節技にかけていた。

「誰が幼女枠の貧乳なのかしらね、ニールさん？」

「あれ？　俺そこまで言ってないよ？　まぁ、俺がこれまでに会った十六歳の女の子の中では、お嬢ちゃんがダントツで一番のド貧乳だけど——」

直後、ニールの悲鳴が廊下中に響き渡った。

ルクシアが、かなり深い溜息をこぼして、悩ましげに額を押さえた。

「彼は馬鹿なのですか。全く学習していないようですね」

「恐らくは、相当の馬鹿なんじゃないですかね……。というか、あんだけ口が災いする人も初めて見ました」

引き攣り気味でマリア達を見つめていたアーシュが、そこで「あっ」と声を上げ、深刻そうな顔でルクシアを見た。

「どうしようルクシア様ッ。マリアは女だし、ここは止めて注意するべきなのに、俺、あの赤毛男を制裁するマリアを見ても全く違和感を覚えていませんでした……！」

「あなたは、意外にも礼儀ある紳士的な一面を持っていますよね」

ルクシアは冷静に指摘したが、アーシュは聞こえていない様子で「なんてこった」と頭を抱えた。

廊下を行き交う多くの人達が、騒ぐマリアとニールにチラチラと目を向けていく。

「……ひとまずは、マリアを落ち着かせて目的を果たしましょうか。彼女達の組み合わせは、いつもやたらと目立ちますから」

ここに、置いて行く事はしない。

ルクシアは以前とは、明らかに変わっていた。けれど本人だけでなく、指示を受けたアーシュもその事に気付かないまま「了解」と答えてマリアへと駆け寄った。

予定通り、目的地である図書資料館に到着した。

マリア達が入館してすぐに、顔を覚えてくれていた中年の男性司書員が「こちらにどうぞ」と声を掛けてきて、受け付けカウンターで対応にあたってくれた。

「頭に大きなリボンを付けているし、ほぼ毎日通ってくれているからね。外から声が聞こえてきたので、来館すると分かったから先に用意しておいたんだよ」

予定されていた本は、既に司書員達が集めてくれていた。

来るまでに少しアクシデントもあったが、マリアは有り難い気持ちで心が癒された。微笑んで感謝を伝える彼女の横で、ルクシアとアーシュは目をそらしていた。

「……お前は、外で騒いでいる声を覚えられている事に、少しは疑問を覚えた方がいい」

「え？　何が？」

マリアは尋ね返したものの、アーシュは目を合わせてもくれなかった。

本を受け取って、マリア達はすぐにそこを後にした。

手ぶらなルクシアを先頭に、三人で分担した本を両手で抱えて歩く。彼に重い物を持たせるわけにはいかない。

「…………うん、それは俺も分かっているんだよ。でもね、お嬢ちゃん。さっきから見事なくらいの自然な扱いっぷりが凄いんだけど、――なんで俺、入館前からずっと縄でぐるぐる巻き状態なの？」

ルクシアの後ろを歩く三人の中には、腕と胴体を縄で拘束されているニールの姿があった。半分自由になっているその手で、マリア達と同じ量の本を持っている。

「コレ、すごく歩きにくい感じがするし、手がちゃんと伸ばせないし、不便で」

「さっき騒がしくしたのですから、少しは反省なさってください。おかげで周りにいた一般の方々が怯えていたじゃないですか」

マリアは、図書資料館に入る前を思い出して吐息をもらした。周りの通行人達が、怖そうにして距離を置いていたのは、ニールが騒がしかったせいだろう。

——だが、その原因は、彼を容赦なく制裁したマリアにこそある。

ルクシアとアーシュは、なんで気付かないんだろうなという表情を浮かべていた。図書資料館から出たばかりの彼女へ、複数の人が「あのデカいリボンのメイドが……」と囁きながらチラチラと目を寄越してきている。

マリアは全く気付かないでいた。対するニールも、縛られる直前、頭に落とされた拳骨の痛みがじりじりと残っている事もあって、そちらには意識が向かないでいた。

「縄で縛り上げられた時にさ、まさかの拳骨の衝撃の後なのに、腹を踏まれてトドメを刺されるとは思わなかったなぁ……。お嬢ちゃんはさ、俺に厳し過ぎない？」

ニールは、ぐすっと鼻をすすった。しかしその直後に、ふと思い出したように表情をパアッと明るくした。

「すっかり忘れてた。そういや、今日は新作の飴玉がポッケに入っているんだった！」

思った事を全部口にするニールは、そう口にすると、自分より背の低いマリアの顔を覗き込む。

「ねぇねぇお嬢ちゃん、戻ったらこの縄解いてくれるよね？　一緒に飴玉食べようよ！」

「飴玉？　別にいりませんわよ。この前の任務で、ルクシア様へのお土産用に買った〝宝石飴〟もまだあって、一つずつルクシア様と一緒に頂いていますし」

「でもこの新作、何味か分からないやつだよ！　食べてのお楽しみ、面白いでしょ？」

「ああ、下町でよく売ってるやつですわよね」

現在も、彼は縄で半分縛られていたままだ。そんな状況であるにもかかわらず、少し肯定的な反応をしたマリアへ嬉しそうに飴玉をアピールしていく。

こいつはおかしい。アーシュはニールをまじまじと見ながらそう思った。その心情を察したルクシアが、彼の強張った背を労うようにポンッと叩いた。

「ルクシア様、あの赤毛おかしいですよ」

「なんとなく分かっています。良く言えば、気持ちの切り替えが極端に早い方なのでしょうが、今は考えるのをよしましょう」

ルクシアは、朝から続く騒動に疲れ切っていた。そっと首を左右に振る彼を見たアーシュは、気の毒になって言葉を飲み込んだ。

その時、凄まじいスピードで走ってきた何者かが、廊下の角から軍靴を軋ませて滑り込んできた。足で急ブレーキをかけ、大理石の廊下を激しく摩擦する。

廊下にいた全員が、音の方へ目を走らせた。

マリアとニールは、ビクッとするルクシアとアーシュとは対照的に、なんだろうかという風にゆっくりと振り返る。

「………は？　レイモンド？」

気付いたマリアは、空色の目を大きく見開いた。駆け込んできたのは、オブライト時代の友人レイモンドだったのだ。

騎馬総帥である彼の軍服衣装が、勢いでふわりと舞い上がっている。彼の姿を認めたニールが「レイモンドさんだ」と、何も考えていない顔で言った。

アーシュが、懐かない犬のような目を数回瞬く。

「あれって、レイモンド総帥様か？　あんなに急いで、何かあったのかな」

騎馬総帥が落ち着きをなくしている姿なんて、それまでに見た事がなかったから意外だったらしい。

居合わせた人々が見守る中、呼吸を整えるような間があった。ルクシアが、騎馬総帥の名を平気で口にしたマリアとニールを見やる。

「大臣と総隊長補佐の件が彷彿とされますね……」

その時、思い返すように呟いたルクシアの声と重なるように、ガバリと顔を上げたレイモンドが、マリアを見据えてこう叫んだ。

「マリア！　よく分からんが、ジーンに助っ人しろと頼まれた！」

「はぁ？　助っ人？」

マリアは、すぐには意味が呑み込めなかった。こちらに駆けてくるレイモンドを、ポカンと見つめてしまう。

じわじわと込み上げてきたのは、嫌な予感だった。思えばオブライトだった頃にも、ジーンが抜け出せない時に、こうして友人の誰かを寄越されていたような……。

そんな事を考えていると、あっという間にレイモンドが目の前まで来ていた。

「レイモンドさん、あの、すごく呼吸が荒いですよ。ひとまず少し落ち着きま――」

「うん、俺もよく分からんが、とりあえず逃げるぞ！」

緊迫した様子で迫られ、持っていた本を取り上げられて床に置かれる。マリアは呆気に取られた。

「は？　逃げる？」

「今まさに恐怖が迫っているんだ！」

レイモンドが、向こうを指して必死に警告した直後、突如の爆風と共に廊下の壁が吹き飛んだ。大穴が開いて、破片が飛び散る。

廊下にいた全員が、何事だと驚いてそちらに目を向けた。

静まり返った廊下に、軍靴で瓦礫を踏む音が聞こえ始めた。壁の大穴から出て来たのは、漆黒の軍服に身を包んだ、右手に剣を持った一人の男だ。

見覚えのある唯一の黒い軍服。そして、この圧倒的で強烈な殺気。

マリアは、顔を引き攣らせて「まさか」と呟いた。その瞬間、その小さな囁き声に反応したかのように、男の肩がピクリと揺れて、ゆっくりと彼女を見た。

「そこにいたか」

ゆらりと頭を起こしてこちらを向いたのは、銀色騎士団総隊長のロイド・ファウストだった。その整った顔立ちは、凍える冷気をまとってもなお美しい。

そして何故か、今の彼は大魔王と化している。

そんなロイドに、どうして『そこにいたか』と言われているのだろう。先日のリリーナが外出した時にも、彼の恨みを買うような事はとくに何も――。

「やぁ、マリア」

ひぇっ。

ロイドが、向こうからにっこりとしてきて、マリアは顔面が激しく引き攣りそうになった。いつもとは別人のような柔らかな掛け声。そして貴公子のごとく微笑を浮かべている彼が、見慣れていなさすぎてかえって恐ろしい。

え、何、なんでそこまで切れてんの？

マリアはひとまず、レイモンドと揃って、今にも死にそうなぎこちない笑みで応える。

ブチリと切れているのに、キラッキラッとした笑顔とか、余計に怖すぎるわ。

すると、こちらを真っすぐ見つめていたロイドが、剣を持っていない左手を上げて、こう言った。

「マリア、おいで」

「え……はぁ⁉　阿呆かッ嫌に決まってんだろ！」

マリアは、思わず素の口調で反射的に拒否していた。こちらに向けて差し出されているロイドの手が、続いて『おいで』と手招きしてくる。

一体何がどうなっているのだろう。そもそもこの状況で、たとえ命令されたとしても絶対に行くはずなどない。

そんな殺気を出したドS鬼畜野郎のところに、むざむざ向かう阿呆はいない！

「レイモンドさん、これは一体どういう事なんですか？」

マリアは、隣の彼に囁き声で尋ねた。

「あの魔王の破壊神、こっちにロックオンしてるんですけどっ」

「ロイドは既にこの状態だったたし、俺も詳しい事情は分からないんだ……。なんでジーンは、マリアの危機を察知出来たんだろうなぁ」

「レイモンドさん。今はそちらを考えている余裕はありません」

ふっと緊張感を忘れた彼に、マリアは思考を戻すように促した。この友人は、どこか少し抜けているようなところもあるのだ。

もとより、ジーンは〝野生獣並みの勘〟と〝頭〟で、常に三手先を読んでいた男だ。彼がどこでどう推理して結論を導き出したかなんて、昔から分かった試しはない。

「なんであの魔王、切れてんの？」

緊迫した状況の中、ニールがきょとんとして言った。ルクシアとアーシュは、強烈な殺気にあてられて、廊下に居合わせた人々共々に全く動けない状態だ。

ロイドは、こちらしか見ていない。

断ったはずなのに、手もこちらに差し出されたままだ。マリアはごくりと唾を飲み込むと、ひとまず尋ねてみた。

「あの、なんで私を捜していた、んですかね……？」

向こうから捜しに来られるなんて、今世では初めての気がする。

「こんなにも悩まされる可能性に『強いじゃじゃ馬が珍しい』というのも候補として上がっていたんだが、他の奴にされると大変不快だという事も分かった」

「え？　それは一体、どういう――」

唐突に独り言のように話されたマリアは、よく分からず困惑した。しかし彼はただの独白であるのか、思考するようにしてつらつらと言葉を続ける。

「〝他のメイドはいらん〟という事だけ、ようやく判明したわけだが、正直いうと割りに合わん。手荒にできんとはいえ、手を抜き過ぎると三人がかりでも止められん。その間も何故か散々こきおろしてくる――つまり、俺は今、非常にストレスが溜まっている」

ロイドはマイナスの温度なのに、剣で壁を叩き壊したとは思えない、美しい笑みを浮かべている。珍しく一方的にそう話してくるのも、非常に怖い。

というか、なんでこっちにストレスを向けてくる⁉

マリアは、こちらに向かって歩き出した彼を見て、いよいよ警戒心を煽られていた。思わずレイモンドと揃って、一歩後退してしまう。

「だから、な？」

どこか同意を求めるように、再びロイドに『おいで』と優しく手招きされた。

「マリア。いい子だから、こっちにおいで」

続いてそんな美声を耳にした途端、何故だかマリアはゾワッとした。一体、何がどうなって彼が自分に『来い』と言っているのか、さっぱり分からない。

その時、壁にできた大穴からグイードが飛び出してきた。髪や軍服をやや乱れさせた彼が、こちらを見て「うおっ⁉」と驚いた声を上げた。

「ジーンの言った通り、マジでマリアちゃんのところに突撃してる……え、なんでそうなってんの？」

グイードが、戸惑い気味に両者へ視線を往復させる。

彼は元々、逃げ足は速い男である。半ばボロボロなその様子を見たレイモンドが、びっくりして「おいグイード！」と叫んだ。

「一体何があったんだ⁉　朝、俺に仕事を押し付けた時は全然何も――というかお前っ、またロイドに何かしたのか⁉」

「『また』ってひどくない？　まぁ、しいていうなら俺はなんにもしてねぇよ。モルツに指示を出したと思った直後にロイドがいなくなって、捜しに行ったら移動中のジーンがいてさ。だから俺も、ロイドのこの突然の行動については、よく分からん」

ロイドは、堪忍袋の緒が完全に切れているのだろう。彼の登場やレイモンドとの会話も耳に入っていない様子だった。

じょじょに近付かれている。マリアは、今すぐにでもどうかしてくれと思って、オブライトだった頃の先輩であるグイードを見る。

と、ロイドの笑顔が二割増しでキラキラと輝いた。

「大丈夫怖くないよ。動けないのなら、俺が迎えに行ってやろう」

マリアは、何言ってんだこいつと思った。レイモンドが「こわっ」と言って、二人は互いに信じられないものを前にした心境で固まった。

そもそも剣を片手にそんな事を言われても、説得力がない。

まるで仔猫でも呼ぶかのような猫撫で口調と、自分は一切無害であると主張するような柔かくて美しい微笑みだ。

悪寒が背中を走り抜ける緊張を感じたのか、途端にグイードが、マントを払って逃げる姿勢でこう言ってきた。

「途中で会った移動中のジーンからの伝言、『死ぬ気で逃げろ』だってさ。よし、とりあえず伝えたぜ。俺はアリーシアちゃんとルルーシアちゃんがいるから、ここでは死ねない」

「てめッ、ざけんな！　それいつもの常套句じゃねぇかよ！」

その途端、レイモンドが、十六年前を思わせる早さで切れた。近付いてくるロイドも眼中にないのか、今にもその後ろにいるグイードに向かって行きそうになる。

「ちょ、阿呆っ、そっちはまずいから！」

マリアは、前世で苦楽を共にした友人を慌てて呼び止めた。オブライトだった頃のように、後ろから抱き締めて全力で引き止める。

その瞬間、ロイドの周りの温度が五度下がった。

「――ほぉ。気に食わんな」

笑顔を消したロイドが、強烈な殺気を放って不意に低い呟きをもらした。廊下に居合わせた全員が、ルクシアとアーシュとニールを残して端に寄る。

直後、彼が剣の柄を握り直し全力疾走で向かってきた。

「うげっ、マジかよ⁉　来たぞマリア！」

斬りかかる気満々だと察知して、レイモンドが叫ぶ。

このまま衝突したら周りが二次被害を受ける。マリアは素の表情で「チッ」と舌打ちすると、そばで硬直しているアーシュへと目を走らせた。

「アーシュ！　ぼけっとしていないで、ルクシア様を連れて廊下の脇に退避！　私は適当にまいてから戻るから！」

「ぅえ⁉　お、おぅッ、よく分からねぇが了解した！」

アーシュが、軍人らしく機敏に思考を切り替えて答えた。一旦、腕に抱えていた本を手放すと「失礼します！」と言って、腰を抜かしているルクシアを担ぎ上げた。

ルクシアを抱えた彼が脇を通り過ぎていく。それを呑気に目で追っていたニールが、場違いな疑問符を浮かべた顔で、危機感もなく言った。

「なんか魔王が、おっかない事になってるっぽいけど。お嬢ちゃん、レイモンドさんとどっか行くんならさ、俺も暇だし付いて行っていい？」

「「お前は空気を読め！　余計面倒な事になりそうだから付いてくるな！」」

マリアは、レイモンドと息ぴったりにそう言い放った。

「ニールさんは、ルクシア様とアーシュをちゃんと送り届けて！」

そのままビシッとルクシア達の方を指して、ニールにしっかり言い聞かせる。

素早くロイドの方へ視線を戻せば、その後ろで乾いた笑みを浮かべているグイードの姿が目に留まった。二人の視線を受けた彼が、力なく手を振った。

「五体満足を祈ってるぜ」

「てめッ、グイードぉぉおおおおおお！」

しかし彼に怒っている暇はない。マリアとレイモンドは「ちくしょーっ」と吐き捨てるように言うと、ロイドから逃げるべく廊下を全速力で駆け出した。

図書資料館から離れるように通路を進む。

途中、道をショートカットすべく、確認し合ったわけでもないのに息ぴったりに次の回廊の縁を飛び超えた。後ろから「何事!?」「ひぃっ、避けろ！」と悲鳴が聞こえてくる。

そもそも、なんで自分は追われているんだ？

次第にそんな思いがマリアの脳裏を掠めた。ストレスが溜まっているからって、最近出会ったばかりの年下のメイドを捜して襲おうとする阿呆なんて、いる？

走り続けていると、騒動続きの最近も思い出されて苛々してきた。

やがて公共区の広間に出たところで、八つ当たりのようにしつこく追われ続けている現状に、とうとうプツリと切れた。

「――あの野郎。伸す」

何かきっかけになる言動があったわけでもないのに、マリアは気付いた時には、近くにあった飾りの大壺を持ち上げていた。

「ちょっ、マリアやめろ！」

気付いたレイモンドが、慌てて大壺を戻させようとする。

「離してレイモンドさん、これを奴にぶち当てて大人しくさせる」

「なんでそう、たまに手に負えないくらい凶暴になるんだよッ」

こうなったら沈めてくれる。

マリアは、真顔で本気の殺気を放った。近くにいた警備兵が、前世の【黒騎士】と同じ強烈なその闘気に威圧されて、白目を剥いてひっくり返る。

「こらっ、とにかく壺から手を離せ！」

「邪魔するなら、もろとも放り投げますわよ」

レイモンドが必死になって、大壺を投げようとするマリアを押し止めようと頑張る。しかし、彼女は容赦しないという眼差しで応えた。

その途端、後ろでロイドが「ぐっ、なんで見た夢が思い出されるんだっ」と呻いた。マリアは完全に切れていたから、彼が両足を踏ん張って立ち止まった事に気付かなかった。

「お願いレイモンドさん、私に奴を潰させて」

「過激すぎるだろ⁉」

「こっちもストレスが溜まっているんです。なんか、あいつの事を考えると、いつも――」

そこで、マリアはハタと言葉を切った。

——考えるのは性に合わないんだ。

前世でよく口にしていた自分《オブライト》の言葉が、唐突に脳裏を過ぎった。しかし、レイモンドの声が耳に入ってきて、気付きかけた事が遠のいた。

「ん？　あれ？　ロイドがいない」

ハッと振り返ってみると、確かにそこにロイドの姿はなかった。

「……どこに行ったんですかね」

マリアは、レイモンドと共に拍子抜けしてしまった。耳を澄ましても、どこからも破壊音は聞こえてこない。

奴が、どれほど迷惑極まりないドSであるかは知っている。そのロイドが、追い駆けるのを途中でやめる、というのも初めてのような気がした。

「…………なんか、珍しいな？」

「そう、ですわね……」

ひとまずマリアは、持っていた大壺を元の位置に戻した。ゴトンッと音がして、遠くから固唾を呑んで見守っていた人々が「めっちゃ重そう⁉」と叫んでいた。

ロイドの途中退場を、少し珍しく思った。一応は警戒し、そこから更に離れるようにレイモンドとしばらく走った。

「〝目標〟は私みたいですし、別に付き合わなくてもいいんですよ？」

マリアは、隣を走るレイモンドに声をかけた。ただただ軽く走り続けていると、まるで自主訓練でもしていた頃みたいだなと思った。

すると、彼があの頃みたいに、疲れた顔にニッと笑みを浮かべてきた。

「最後まで付き合うよ。ジーンにも『よろしく』って頼まれたしな」

ああ、そういう奴だったよな。

仕事の方も忙しいだろうに、バカだなぁとマリアは苦笑をもらした。あの頃と変わらず優しい友人にニッと笑い返してやったら、涙が出そうになった。


しばらく走った後、薬学研究所の離れへと降りられる廊下まで送ってもらった。

いつもの騒ぎみたいなものだろう。レイモンドは気にするなと言い、「じゃあな」と片手を振って廊下を去っていった。

「アーシュ達は、無事に戻れたかな」

マリアは、先に戻っているだろうルクシア達を思って、離れの薬学研究棟へ向かった。

そちらへと続く、小さな森みたいな小道を歩いた。

風の音を聞きながら、のんびり足を動かしていると火照った身体もおさまってきた。次第に頭の中も落ち着いてきて――ふと、彼女は足を止めた。

「なんだか、やけにロイドにだけ過敏になってないか……？」

プツリと切れて、レイモンドを少し困らせてしまった事を思い出す。

考えてみれば、オブライトだった頃、彼に対してあんなにあっさり切れてしまった事はない。ロイドに対して火に油を注ぐ行為は避け、いつも大人として接していた。

ソファで押し倒された一件があったから？

でも、先日にあったリリーナの外出の護衛の件では、普通に話せたのになと不思議に思う。

「……いや、途中で、やっぱりうまく話せなくなったけど」

マリアは、物憂げに呟いて自身を見下ろし、胸元に手を当てた。先程、頭に浮かんだ自分の言葉の続きを、今になってようやく思い出せた。

「『なんか、あいつの事を考えると、いつも――』この辺が、変な感じがして落ち着かないんだ」

よく分からないもやもやみたいな感じだ。

苛々しているから、ロイドの事を考えると胸が僅かにトクトクするのだろうか？

「うーん。やっぱソファの件でまだくすぶってる怒り、の方なのかなぁ」

マリアは、しばし首を捻って考え込んだ。しかし、分からないものは分からない。考える事をあっさりやめると、

「今日の残りを頑張るか」

そう言って薬学研究棟に向かったのだった。

【オブライト時代・番外編】～午前のパーティーと腹黒令嬢とサンドイッチ～

――十七年前、フレイヤ王国の王都。

現在、正午には二時間ほど早い時刻だ。王宮の王族区に近い、とある大広間の一つで、交流会を目的としたパーティーが開催されていた。

集まった貴族達は、礼装やドレスに身を包んでいた。どこもかしこも品の良さを思わせる内装は、彼らのまとう王侯貴族としての雰囲気を強める。

その壁際にオブライトは背をもたれていた。端整な顔立ちもあって、パーティーに相応しい紳士衣装を着ていると、軍人という雰囲気はほぼない。

横を向いている彼を、通りかかる人達がチラチラと目に留めていく。

さらりと前髪がかかった切れ長の目は、濁った赤い色。元々色素が薄いのか、つい最近も出陣があったにもかかわらず肌は白く、髪は濃さの抜け落ちた栗色をしていた。

「黒騎士さん、そんなところにいたんですか?」

声をかけられて、オブライトはちらりと目を向けた。そこにいる顔見知りの令息を見やって、再び視線を横へと向けて小さく鼻息を吐く。

「パーティーは苦手だ」

できるだけ参加したくない。自分には場違いなイベントであり、どこもかしこも目に眩しくて、こういう集まりに顔を出すのは嫌だった。

いつまでも慣れないでいるのだ。ここは、自分のいる場所ではない、と。

オブライトは、その濁った目に会場の様子を映して思った。自分と部下達が守った国境沿いの国の人々。彼らが幸せそうに笑っている。ただ、それが見られれば十分だ。

「行っておいで。君の父上は、きっともっと話したいと思っているはずだ」

ちょっとだけ柔らかく笑って、オブライトはそう促した。

「ははっ、黒騎士さんって、子供には優しいですよね」

「そんな事はないさ。おかえり、それから成人おめでとう、ベニー」

「ありがと!　留学話を父上にもっとしてくるよ」

ニッと笑って、シャンパングラスを掲げた彼が人混みへと戻っていく。

最初に見た時は十五歳だったのに、年月が過ぎるのは早いなぁ。オブライトはそう思って、その高くなった後ろ姿が見えなくなるまで見送った。

ふと、向こうから手を振ってくるエドウッドが見えた。彼流の〝礼儀としての一番のお洒落〟とやらの、ややくたびれたコートを揺らして駆け寄ってくる。

彼は、バーグナー教授の一番弟子だ。本人も名誉助教授という肩書きを持っており、今日も教授に付き添ってきていた。オブライトは「あれ？」と首を捻った。

「グイードと一緒にいただろう？」

「あの人、また別のグループにスマートに入っていきましたよ。あの社交性の高さには驚かされます。初対面とも感じさせないんですから。僕には真似できませんねぇ」

ニヤニヤと彼が言う。

「俺より、エドウッドの方が話術もすぐれていると思うんだけどなぁ……」

「それなりに場数は踏んでますからね。学会なんて、名誉と権力と年功序列と金と、もうほんと、どろっどろなところもありますからね、はははは」

さらっと語られて、オブライトは反応に困った。

腹の読めないところもある学者だった。バーグナーを一番に尊敬していて、のらりくらりとはしているが、完璧に教授の秘書役をこなしている感じでもある。

「陛下が『どこにいるんだろうな』って面白がってましたけど、行かないんですか？」

「さっき仕事分で行ったよ」

　実は、今回のパーティーには某国からの客人が招かれていた。これから先の軍事協力体制について検討している段階で、相手から黒騎士部隊の上官と是非会ってみたいという話が出ていた。

　そうして、オブライトが強制参加させられた。

「まさか、この日に限ってジーンがいないとは……」

　するとエドウッドが、話を聞きながら顎に手をやって「ふむふむ」と頷いた。

「実家の侯爵家で、ドンパチやっているみたいですからね。盛大な親子喧嘩ですよ。犬も食わないってやつです」

　話しながら、彼は手を上げてグラスの載った盆を持っている給仕を呼んだ。自分用に一つ受け取ると、オブライトの方を見て誘った。

「オブライトさんも、一杯いかがです？　ここだとタダ酒飲めますよ。今日は護衛業の参加じゃないんでしょ？」

「いや、遠慮しておくよ」

　困ったように微笑むと、給仕が礼をして去っていった。

　その様子を、酒を少し飲みながら見ていたエドウッドが、ふっと笑む。

「あの給仕、指先が強張ってましたね。動悸もやや速まって、呼吸分も僅かに速くなった。

怖いんでしょうね。ええ。あなたの事を、勝手に怖がっているんだ」

医学を専攻している彼らしい見解だ。けれどオブライトは、引き続き気付いている事を口にせず、壁から背を離すと近くのテーブルから果物を一つつまんだ。

「さっき、奥のグループの近くにいたんですがね。相変わらず、反黒騎士も強いですね。あなたが参加している事が気に食わないようでしたよ」

だからあなた、ここにいるんですか。

言葉にはされなかったが、こちらに向けられたエドウッドの細い目は、そう問いかけているようだった。

迷惑をかけるんじゃないかとか思って遠慮する必要はない。以前、彼にそんな事を言われたのを思い出す。オブライトは、静かに微笑んで「いいや」とだけ答えた。

「ふうん。僕には分からないなぁ、怒らないんですか？」

酒を舐めた彼が、壁に背をもたれて問いかける。

「国のために剣を握ってこんなにも守っているのに、恨み事の一つも？」

数秒、二人の間に会場の喧騒だけが流れていった。

オブライトは、和やかな会場の光景を眺めた。そうして――。

「仕方ないさ」

だって仕方ない、オブライトは穏やかな笑みを口元に浮かべていた。エドウッドは「そうですかい」と少し面白くなさそうだった。

その時、ドシドシとパーティー会場に不似合いな突進音が聞こえてきた。

「我が友オブライトよ！　挨拶もなしとは寂しいぞ、朝振りだな！」

「ぐはっ」

唐突に横から突撃——ではなく抱擁され、オブライトは吹き飛ばされそうになった。

そんな事になってたまるかと、床に若干ひびを入れて両足を踏ん張る。

それは筋肉馬鹿のバグズリーだった。本日は、第七師団長の彼も会場の護衛を任されていた。渋々タンクトップ姿を封印して、ムキムキの体にしっかり軍服を着込んでいる。

オブライトはブチ切れ顔で、彼と手を組みあってギリギリ押し合った。

「おい阿呆。俺と力勝負でもしたいらしいな、バグズリー？」

「はははは、相変わらず友情が熱い奴め！」

「暑っ苦しいのはお前だ阿呆。俺は怒ってんだよ」

その近くのテーブルの前には、軍服を着た銀髪の美しい男がいた。同じく護衛役で参加していた第三師団長ミゲルである。

「相変わらず沸点が低いやつめ」

彼は、ようやくの一休憩という事でケーキをもぐもぐ食べていた。幼馴染の突撃行動よりも、仕事で失われた糖分摂取が今は最優先と、オブライトを助けようとする気配もなくそう言った。

様子を見に来たグイードが、「あらま」と目を丸くする。

「俺の後輩が、また筋肉馬鹿にアタックされている」

「助けに行けばよかろう」

ミゲルが、ケーキを上品にパクパクと口に入れていく。

「そのチョコ、そんなに美味しい？」

「ただただ甘い」

「好みでもないのに食ってんのか。お前もお前で相変わらずだな～」

「あっ、グイード将軍、警備お疲れ様です！」

その間にも、また騒いでいるなと気付いた知人や友人らが、近くまで寄ってくる。エドウッドが馴染みの護衛騎士に「今日は私服ですか、いいですねー」と言ってグラスを合わせていた。

オブライトは、王宮一の筋肉男を押し返しつつあった。友好のスキンシップだとしか思っていないバグズリーが、そこで愛想良く言う。

「しかしオブライトよ。何故、こんな片隅にちまっとしているのだ？」

「『ちまっと』って言うな」

その時、オブライトの様子を眺めていた知り合いの騎士の一人が「せっかく参加してんのに」と言ってきた。

「お嬢さん方の相手くらい、サービスでしてやれよ」

「そうそう、みんな絶対お待ちかねだから」

「いいねぇモテモテの奴は。警備中でもダンス希望されるとか、俺、ないから」

軍服参加の男も、見知った仲ならではの温かい空気を漂わせてそう言った。

オブライトは、彼らの方を見て本気の困惑を浮かべていた。俺は全くモテないんだが、一体誰の話をしているのだろう……そう思っていると、グイードがふっとあちらを見た。

「おっ、噂をすれば〝大絶賛の一人〟がきたぞ」

グイードの声を聞いた面々が、続いて近付いてくる足音に気付いて目を向ける。

そこには贅沢な生地を使ったフリルのドレスに身を包んだ、十三歳のポーラ嬢の姿があった。本日も美人ながらつり上がった目で睨んできており、不服そうだ。

「俺、なんかしたかなぁ……」

真っすぐに向かって来られたオブライトは、困ったように小さくもらした。どうやら嫌われているようで、出会ってからずっときつい言葉をかけられたりしている。

カツンッとヒールの踵を鳴らして、彼女がオブライトの前に立った。

それを見ていたバグズリーが、「ふむ」と頷く。

「本日も、ちまっとされておりますな」

「あなたが大きなだけですわ！」

ムキになって彼女が言い返す。その後ろで、お目付け役の若い執事が「いえ、お嬢様は身長が平均に届いておりません」と失礼にも補足してくる。

その時、ポーラ嬢がキッとオブライトを見た。オブライトは何も悪い事をしていないのに、つい両手を小さく上げてしまった。

「な、なんでしょうか。俺に何かご用でも？」

すると、彼女が後ろから何かを取り出して、「ふんっ」と勢いよくオブライトの胸ポケットに叩き付けるように挿した。

「あなたなんてっ、この薔薇がお似合いよ！」

直後、オブライト達の間で会話が途切れた。

それは、濃さを主張しない上品な赤色をした薔薇だった。わざわざ棘も取られていて、切り口もきちんと処理されている。

「あの、ありがとう……？」

胸元を確認したオブライトは、よく分からないまま、ひとまず礼を言った。

ポーラ嬢が、不意に口元に手を当てて「うっ」と一歩後退した。全体から彼を眺めて、ぷるぷる震え出す。

「なんて、素敵……っ！　薄い色合いのさらさらとした髪、白い肌、王子様みたいな甘くて優しく美しいお顔！　それでいて剣を握って軍隊を率いているだなんて、愛は猛々しくて過激な予感！」

オブライトは、頭の上に疑問符をいっぱい浮かべていた。

対するポーラ嬢は、声をかけようと彼が手を伸ばしたのを、なんと思ったのか、突然「その男らしい手！」と叫んだかと思ったら、走っていってしまった。

「エイゼントリック将軍の娘は、相変わらず嵐みたいな嬢ちゃんだよな～」

「俺は、彼女がよく分からない……」

「はっはっは、まだまだだなオブライト！」

グイードが出て来て、先輩風を吹かせて彼の肩を叩く。

ケーキを食べ終えたミゲルが、口元を丁寧にナプキンで拭った。「休憩終了だ、行くぞバグズリー」と呼ぶと、キリリとした顔で彼と警備に戻っていく。

その時、一つのどんよりとした声が上がった。

「ははっ、まだまだだって何様目線だよ……別にそれでも十分いいじゃないっスか、モテる男は余裕あっていいよな～…………。はぁ、モテたい」

一同の視線が、ゆっくりとそちらへ向けられる。

いつの間にか、壁際に自信喪失した様子で座り込んでいる一人の騎士がいた。モテたくて、マントの見栄えが良いからという理由で騎馬隊に入った男、アイゼンである。

グイードが、歩み寄って上から彼を覗き込んだ。

「お前、どうした？」

「なんだ、また騎馬隊んとこのアイゼン君か？」

「レイモンド将軍のとこはどうしたよ？　またサボりか？」

「サボりじゃなくて傷心だバカヤロー」

言い返したアイゼンが、ぐりんっと見てきた。彼が友人達に声をかけられている様子を見守っていたオブライトは、その睡眠不足らしい充血した目にビクッとした。

「俺、オブライトさんの方がモテるの納得できねぇんスけど」

「いきなりなんだよ。だから、モテないって」

「その言葉を俺は信じない」

困惑するオブライトの後ろで、助教授エドウッドが「確かに」とニヤけ顔で相槌を打つ。

「本人が言ってるのに信じないとか、じゃあなんで俺を前にして言ってきたんだよ阿呆」

すると先輩の一人として、グイードがちょっと考える。

「オブライトは、まぁコーヒーは美味いな」

「……なるほど。朝のコーヒーで女性も〝アフター〟まで大満足ってか。みてくれやテクニックだけじゃなく、そっちも完璧だというわけか……っ」

何故か、アイゼンがぶるぶる震え出す。

「いや、ちが――」

「ざけんなよ俺にモテる秘訣を教えてくださいオブライトさん！」

言葉を遮られたあげく、勢いよく頭を下げられてオブライトは困惑した。

周りの友人らが、察したようにアイゼンを生温かく見守った。グイードが「やれやれ」と吐息交じりに言って、彼の頭を上げさせる。

「清々しくて、いっそ泣けてくるな。何、そこまで切羽詰まってんの？　恋愛話なら大歓迎で聞くぜ？」

「うっうっ、自分だってうまくいっていないグイード将軍に恋愛相談するのも嫌……だけど言う。この前、記念すべき五十回目の告白をフラれた」

「さらっと何けなしてくれちゃってんの。逆にさ、お前の惚れっぽさが凄いわ」

「可愛い彼女が欲しいんだよっ！　俺だって奥さん欲しい！」

わっとアイゼンが泣き出す。その姿は目立っていて、声が聞こえる距離にいた参加者達が小さくざわつく。

「もう帰りたい」

オブライトは、目の前でグイードを掴んで「彼女が欲しい！」「モテたい！」と泣いているアイゼンを前に呟いた。

その時、ガシリとジャケットの後ろ襟首を掴まれた。

「馬鹿者め。約束を破る気かオブライト」

やってきたのは、黄金の目をした第六師団長のポルペオだった。本日もかなり個性的なヘルメットっぽいヅラを被り、太い黒縁の度の入っていない眼鏡をかけている。

「迎えにきてやったぞ。貴様の事だから、貴族に絡まれたら抜けられんと思ってな」

「暗に社交が素人でダメダメって言ってますね」

ははは、とエドウッドが笑いながら、一緒に飲んでいる男に言う。

「でも、なんやかんやで、ポルペオ師団長って面倒見がいいよなぁ」

「ライバル宣言してるけどな～」

「先日も部隊同士で衝突したって聞いたな」

友人達が、好き勝手に話し出す。

グイードが、ぐずぐず泣くアイゼンに水の入ったグラスを差し出した。そちらに気をそらさせている間に、ポルペオへと目を向ける。

「で？　パーティー不参加のポルペオが、オブライトを迎えに来るっていうのも珍しいな。何かあるのか？」

「いや、これから、ちょっと用が」

オブライトは、答えながらぎこちなく目線をそらしていた。するとポルペオが、言葉を継ぐようにこう続けた。

「陛下にも先に話は通してあるが、大事な約束があるのだ。だから我々はここで失礼する」

そう告げたポルペオと共に、オブライトはその場を後にした。

※※※

それからしばらくした頃。

オブライトは、王宮の厨房の一つにいた。男性サイズの手作りエプロンを着けており、隣には、同じデザインのエプロンをした美しい令嬢がいた。

年は十五歳。ブロンドの波打つ髪をしている。パッチリとした二重の目は愛らしいのだが、その顔を今はむすっと顰めている。

目の前には、エプロンを作った本人であるポルペオがいた。

「どうやったら、そんなおぞましい料理になるのだ！　私はっ、少し火を通せばできるものを教えただけだというのに貴様らは！」

バンッと厨房テーブルを叩かれ、オブライトはそっと目をそらした。

「俺に言われても……」

そこには、サンドイッチの具にするために作ったはずの、ドス黒い色でぐちゃっとしているよく分からない物体があった。

実は今日は、ローゼン騎士伯の一番下の娘、腹黒令嬢ことサンドラ嬢の、何度目かのサンドイッチ作りに付き合わされているのであった。

彼女の兄の同僚である護衛騎士リガロへ、差し入れしたいとの事だった。それで今度は、火も使ってのサンドイッチ作りに挑戦したいという。

「別に好きというわけではございませんのよ。ただ、よその女からもらった差し入れを嬉しそうに食べているのを見て、イラッとしてプライドも傷付いたのですわ」

それ、もう『好き』という事なのでは……。

その話を聞いた時、以前からリガロ関係で、彼女に付き合わされていたオブライト達はそう思ったりした。

ポルペオを怒らせている目の前の失敗作は、これで三度目だ。工程を変えたりと工夫もしたのだが、何度やっても皿の上には全く同じ物体が載った。

「色が少しマシになったと思いますわ」

「馬鹿者！　よく見ろ同じだわ！」

サンドラ嬢はむっとした顔で主張したが、ポルペオはそう言い返した。彼の言葉は正論だったので、オブライトは何も言えなかった。

――それでいて、実のところ、ここにいる〝腹黒〟は一人ではない。

サンドラ嬢とは反対側のオブライトの隣には、少年師団長ロイドの姿もあった。こちらも実に不服そうな顔で、華奢な軍服の上にエプロンをしている。

ちなみに料理経験などない令息だ。初参加で、まぁまぁサンドラと似たような結果を出していた。形と色は歪だが、不思議と料理っぽくはなっている。

その時、ひょこっとグイードが扉から顔を覗かせた。

「陛下から〝用〟の詳細は聞いたぜ。ほんとに料理してるな〜」

「そっちは終わったのか？」

オブライトが尋ねると、彼は「まぁ、俺の分はね」と肩をすくめて答える。パーティーには、あともうしばらく続く予定だった。

ポルペオが疑い深く睨む中、グイードが厨房に入ってきてロイドとサンドラ嬢を見た。十五歳の少女と、十七歳のちびっ子少年師団長が、全く同じ背丈なのを確認する。

「それにしても、オブライトは両手に花だなぁ」

「殺すぞ」

「殺しますわよ」

圧倒的な美貌を持つロイドとサンドラ嬢の台詞が重なった。本人達は気に食わなかったようで、先に彼女の方が「チッ」と令嬢らしからぬ舌打ちをした。

「お父様ったら、なんでこんな奴と引き合わせようなどと思ったのかしら。もし見合いまでやっていたかと思うと、想像するだけで嫌ですわ。腹黒とか、最悪」

「俺だって、父上に言われなければ屋敷に行かなかった。性格の悪い女は嫌いだ」

ピシャーンっ――と睨みあった二人の間に亀裂が走った気がした。

二人は最近出会ったばかりなのだが、この仲である。軍人である父同士はプライベートでも交友があるようなのだが、ロイドと彼女の関係は最悪だった。

「くそっ。このサンドイッチ作りだって、陛下の命令でなければ……」

ロイドが、口の中で引き続きぐちぐち言っている。

その様子を見ていたグイードが、うーんと首を傾げる。

「アヴェインの事だから、ただ『やってみれば？』という感じで提案しただけだと思うんだけど。まぁ、そのへんは真面目というか、なんというか」

「年頃の近い者がいた方がいいだろうと、陛下がおっしゃっていた。そういう事だろう」

言いながら、ポルペオがもう一度調理実習をするべく、厨房のテーブルの上をテキパキと片付け始める。

その時、オブライト達は窓の向こうへと目を走らせた。最近、王宮で物騒な事があったばかりだったから、オブライトがサンドラ嬢を庇うようにして身構え、グイードが剣の柄に手をかける。

「待て、この気配には覚えがある」

ポルペオが、カーテンが引かれている窓へずんずん向かっていった。それが開けられた途端、出窓に降り立ったモルツの姿が一同の目に飛び込んできた。

「何故、お前は入口から入ってこない⁉」

窓を開け放ってポルペオが怒鳴った。ロイドの下僕である二十歳のモルツが、細い銀縁眼鏡を揃えた指先で押し上げつつ入室する。

「この前も、正面から行って、オブライト隊長に逃げられましたので」

「はあ？　おい、どういう事だオブライト」

「また家に来られたんだ。玄関を開けたらモルツがいた」

どうにかしてくれよこの変態、とオブライトは隣にいる小さなロイドに思った。プライベートの行動までは知らん、困らされて結構、というのが先日の彼の回答だった。

「もう何度目だ⁉　貴様ら一体何をしとるんだ馬鹿か！」

「そんなの俺が訊きたい」

その間にも、モルツが代わりにテーブルの上を片付け始めていた。グイードが、それを関心した様子で見守っている。

「いいかオブライト、貴様もちゃんとした家を持て。だからモルツやらニールやらチンピラが色々とくるんだぞっ」

「寝るくらいだし、別に今のままでいいよ」

「よくないわ馬鹿者！」

ポルペオの短い説教の間に、厨房のテーブルの上は綺麗になっていた。

それから何度も失敗を繰り返した後、厨房の私用許可の時間ギリギリになって、ようやく歪な形ながらサンドイッチは仕上がった。

「…………これ、もう才能ないんじゃ」

見守っていたグイードが、サンドラ嬢達の完成作を見て口元に手をやった。とくに彼は、ポルペオから即「没！」とされたオブライトの皿の方に震えていた。

「まぁ、食えはするんだがな」

味が、とは続けられず、ポルペオも腕を組んで苦しい返答だ。

サンドラ嬢は、黒いオーラをまとって自作のサンドイッチを見下ろしている。彼女よりもロイドの方が、まだうまく作れていた。

だが、ロイド本人は納得していないらしい。そばで待機していたモルツも褒めたが、彼はポルペオが見本で作ったサンドイッチを、悔しそうに見つめている。

闘志をメラメラ燃やしているのが分かった。オブライトは、つい「ふっ」と笑みをもらした口元を指で隠した。やっぱり、まだ子供だな。

ロイドが、くすりとした微笑にバッと振り返った。

「なっ、なんだその顔はっ。何を笑っている⁉」

「え？　ああ、別になんでもないよ。うまく出来てるなぁと思って」

オブライトは、彼が見開いた目で見つめてくる理由が分からなくて、笑みを浮かべたまま問うように「ん？」と首を傾げてみせた。

「ロイドのサンドイッチ、美味しそうだ」

お兄さん的な気持ちで、指を向けてにっこりと笑って見せた。

その途端、ロイドが「戻るぞモルツ！」と言ってエプロンを脱ぎ捨てた。サンドラ嬢が顰め面を向け、ポルペオが呼び止めるのも構わず出て行こうとする。

「あっ、ロイド！」

咄嗟に、オブライトは彼の小さな背中に強く声をかけた。

振り返ったロイドが、びっくりした顔で見つめてくる。そんな彼の子供らしい表情を見るのも初めてのように思えて、オブライトはちょっと笑った。

「師団長の仕事も忙しい中で、今日は付き合ってくれて、ありがとう」

直後、ロイドが走り出した。モルツが「それでは失礼します」と丁寧に告げて、ちょっと物足りなさそうにその後に続いていった。

「……モルツは多分、オブライトの拳を期待していたんだと思う」

「……やめろ。あの最後の流し目を、俺は気付かなかった事にするつもりでいるんだ」

子供の前でさせるかよ、とオブライトはグイードに本音をもらした。

ポルペオが、やれやれとサンドラ嬢へ目を戻す。残されたロイド作のサンドイッチをひとまずそのままに、先に彼女へ言葉をかけるべく口を開こうとした。

その時、バタバタと騒がしい足音を立てて、彼女の兄が所属している近衛騎士隊の若い連中が厨房に飛び込んできた。

「あの〝人を顎で使う偉そうな腹黒令嬢〟が、すげぇサンドイッチを作ってるってマジか⁉」

「兄貴の方から、さっき色々と詳細は聞いたんだけど――うっわ」

厨房に踏み込んできた彼らが、途端に足を止めた。

サンドラ嬢の前にある手作りサンドイッチを見て、揃って「うわ、これはない」「隙間からはみ出てる物体、何⁉」と身を後ろに引く。

頼むから、その正直な反応はやめてくれ、とオブライト達は思った。

「サンドラ嬢、悪い事は言わねぇから、リガロさんにサンドイッチを持っていくのは、やめた方がいい」

「あの人、あんたが持ってきた物は、全部食べるところもあるから」

彼らは、部隊の上司でもある人を想って、慌ててアドバイスし出した。

オブライトやグイード、ポルペオが口を挟む隙間もない。サンドラ嬢が、再び真っ黒いオーラを背負った。

「お兄様、後でコロス」

サンドラ嬢が、低い呟きをこぼした。

またしても、ローゼン騎士伯の次男と妹による真剣喧嘩が勃発しそうだ。こうなると、先程のロイドの方が、よっぽど彼女への対応が出来ていたとすら思えてくる。

「あの、さ、オブライトとポルペオ。……ええと、俺、もともとこのサンドイッチ作りのメンバーには入ってなかったし、先に帰っていい？」

「逃がさねぇよ阿呆」

「最後まで付き合え馬鹿者」

そろりと動き出そうとしたグイードの肩を、二人は素早く掴んで引き留めた。

あとがき

百門一新です。このたびは、多くある作品の中から「最強の黒騎士～」シリーズ最新刊である本作を、お手に取って頂きまして誠にありがとうございます！

皆さまの応援のおかげで、こうして五巻をお届けすることができました。それをとても嬉しく思いますっ、本当にありがとうございます！

このたび、なんと半分以上が書き下ろしとなっております。

収録したのは、ネットに掲載されている十五章部分となっておりまして、そちらもかなり改稿致しつつの、他は書き下ろしとなりました。

――担当編集者様、五巻発売の決定をご連絡頂いた際、

「構成からガッツリ考えたいので、まずは章立てとシーン構成を。次に簡易プロット版と詳細プロット版をなる早で仕上げてお送りしますから！」

とお願いして申し訳ございませんでした……。

書き下ろしの文量が、まさかの半分以上で驚かれてしまったのですが、書き下ろしや構成を組み直した改稿部分も、とても楽しんで頂けたことがすごく嬉しかったです！　ありがとうございますっ！

実は、四巻を書いていた際、もし五巻を出せるのなら「リリーナとジョセフィーヌとフロレンシアのことを書きたい！」と、ずっと思っておりましたので、こうして読者の皆様のおかげでご機会を頂けたこと、本当にとてもとても嬉しく思っているのです。

そもそもフロレンシアって誰よ、とお思いの方、いらっしゃるかと思います。

彼女は、リリーナ側のキャラクターになります。

ネットで連載させて頂いている「最強の黒騎士、戦闘メイドに転職しました」の、かなり前の部分で、リリーナの友人関係についてさらっと簡単に説明したところがあったのですが、その時に何人かの友人や設定だったりが浮かびまして。

ただ、本作のメインは、あくまでもマリアですので、好きに書かせて頂いているとはいえリリーナ側のキャラを出していくわけにはいかないなぁと……最終回までより長びいてしまいますから。

けれど、この五巻で一般貴族サイドの令嬢ジョセフィーヌの奮闘を、そして氷のような美少女の暗殺貴族サイドの令嬢フロレンシアも初登場となりました！

皆さまっ、本当にありがとうございます！

また、今回、オブライト時代の書き下ろし番外編も、かなりガッツリ書かせて頂きました。オブライトの周りの友人たちのこと、いつか書きたいと思っていた当時の風景を執筆できて、こうして読者様に届けられたこと作者として本当に嬉しいです。

いつも黒騎士をお読みくださり、お楽しみ頂いている皆さま、マリア達を見守ってくださりこうして温かい応援まで、本当にありがとうございます。

この第五巻を、お楽しみ頂けましたら幸いです！

このたびもイラストをご担当くださいました風華様、コミック版「黒騎士メイド」もほぼ同時発売の中、書籍版の素敵なマリア達を本当にありがとうございました！

ジョセフィーヌとフロレンシアのラフを頂いた時も、とっても嬉しかったです！　まさかこの三人をカラーのイラストで見られるなんて！と、口絵のリリーナ達には大感激でした。とっても可愛い三人の笑顔を、ありがとうございました！

また、この五巻でお世話になりました担当編集者様、熱意溢れるパワーで「一緒に素敵な五巻を作りましょう！」と、お盆休みの間も、ずっと一緒に頑張ってくださいまして本当にありがとうございました！

そして校正様、素敵な仕上げをしてくださいましたデザイン様、一緒になって本作品作りをがんばってくださいました全ての皆さまにっ、心から感謝を申し上げます！

家族、友人、そして読者の皆様、いつも応援をありがとうございます。

最新刊のコミックスでは、珍しいロイドが見られるマリアとのSSを書き下ろさせて頂きましたので、併せてお楽しみ頂けましたら幸いです！

天国へ旅立った家族猫ムクタンへ、愛を込めて。／百門一新

マリア16歳、【戦闘メイド】ですが
前世は【最強の黒騎士】でした。
最強の黒騎士、♂×戦闘メイドに転職しました 1
原作 百門一新
作画 風華チルヲ
最強の黒騎士、♂×戦闘メイドに転職しました 2
原作 百門一新
作画 風華チルヲ
最強の黒騎士、♂×戦闘メイドに転職しました 3
原作 百門一新
作画 風華チルヲ
最強の黒騎士、♂×戦闘メイドに転職しました 4
原作 百門一新
作画 風華チルヲ
BIRZ COMICS
バーズコミックス◉B6判 発行：幻冬舎コミックス 発売：幻冬舎
♀戦闘メイドに転職しました
コミカライズ
WEBマンガサイト
comic ブースト
powered by デンシバーズ
にて大好評連載中!!
https://comic-boost.com

バーズコミックス
最強の黒騎士♂、
原作：百門一新 作画：風華チルヲ
シリーズ累計20万部突破!!
（紙＋電子書籍）

最強の黒騎士、戦闘メイドに転職しました 5

2020年9月30日　第1刷発行

著者　百門一新《ももかどいっしん》

イラスト　風華チルヲ

本書の内容は、小説投稿サイト「小説家になろう」(https://syosetu.com/)に掲載された作品を加筆修正して再構成したものです。
「小説家になろう」は㈱ヒナプロジェクトの登録商標です。

発行人　石原正康

発行元　株式会社 幻冬舎コミックス
〒151-0051　東京都渋谷区千駄ヶ谷4-9-7
電話 03(5411)6431(編集)

発売元　株式会社 幻冬舎
〒151-0051　東京都渋谷区千駄ヶ谷4-9-7
電話 03(5411)6222(営業)
振替 00120-8-767643

デザイン　土井敦史 (HIRO ISLAND)

本文フォーマットデザイン　山田知子 (chicols)

製版　株式会社 二葉企画

印刷・製本所　大日本印刷株式会社

ISBN978-4-344-84719-4 C0093 Printed in Japan
幻冬舎コミックスホームページ https://www.gentosha-comics.net